U0830502

小磨诗坊

本册主编 韩文昕

丛书主编 王兆鹏

冬

长江出版传媒 崇文书局

西风多少冷，吹不散诗香

序

王兆鹏

《小磨诗坊》特点在“小而精”。

小主题。常见诗歌分类选本，多以大主题分，如山水诗选、咏物诗选之类。本丛书是按小主题来梳理切分，一种景物分作一题，一种情感归为一类，聚集呈现。一册在手，可以窥知不同时代、不同作者、不同诗体对同一主题的表现。欣赏者可藉此比较领悟同一主题的不同风格韵致，创作者可揣摩学习同一景物情感的不同表现方式与写作路径。

小规模。每本10万字。可以燃香烹茶，正襟危坐地细细品读，也可以在茶余饭后的碎片化时间里快速浏览。一种主题的流衍变化和N种风情，很快就能了然于心。

小作者。丛书的作者都不是诗词鉴赏大家，属“才露尖尖角”的“小荷”。虽然算不上名家高手，却充溢着青春才子才女们的朝气、才气、灵气，文笔灵动，话语鲜活，有学理性而无学究气。

选目精粹。每书所选诗篇词什，都是在广搜博览的基础上几经汰选而成。切合主题的名篇佳作方能入选。故所选作品，多为百里挑一的精品。

赏析精到。作品鉴赏，既不同于传统的一板正经，如教科书般条分缕析，学术性强而可读性弱；也区别于新潮的天马行空，文笔虽妙，却不着边际，有可读性而无学术性。本丛书坚守学术本位，充分发挥每位作者的灵心慧性，将个体的生活经验、艺术感悟与迁想妙得有机融合，入乎其内又出乎其外，诗心诗境诗法诗艺，拿捏得精准到位。

制作精良。作者团队精心结撰，编辑团队也是细心打磨。如同小作坊制作工艺品，字斟句酌，刮垢磨光，力图打造一部部精品。然能否成为精品，有待高明读者的评鉴印可。

前言

韩文昕

“千山鸟飞绝，万径人踪灭”是大多数人对冬天的印象。草木凋零，鸟兽潜藏，一切似乎都丧失了原有的生机和活力。作为四季之末，人们喜欢给冬天加上一层悲凉和衰颓的滤镜，冬天才将将来临，他们就期盼着它速速离去，希望姹紫嫣红的暖春快些到来。但如果穿越时空的隧道，踏入诗人骚客们构筑的冰雪世界，你会发现，其实冬天一点都不乏味和单调：缤纷多姿、爱恨情仇、喜怒哀乐，一直在这里如火如荼地上演着。

冬天的确是萧索的，不过也正因为没了那么多花红柳绿的诱惑，雪和梅——这两种属于冬天纯粹和通透灵魂的结晶，才会被毫无保留地呈现在世界面前。翻开吟奏冬天的诗章，少有不涉及雪的，它可以是难民逃亡时的背景，“北风其凉，雨雪其雱。惠而好我，携手同行”；可以是归人的梦魇，“昔我往矣，杨柳依依；今我来思，雨雪霏霏”；也可以是爱情的见证，“途涩无人行，冒寒往相觅。若不信侬时，但看雪上迹”。但更多时候，它是诗人笔端吟咏的对象：聂夷中欣赏它清逸的姿态，“远山银鹤聚，老树玉龙斜”；陆游欣赏它祥瑞的气息，“北风吹雪四更初，嘉瑞天教及岁除”；杨万里欣赏它洁白晶莹的质地，“落尽琼花天不惜，封它梅蕊玉无香”……

而梅作为冬天的王者之花，是不逊于雪的存在，诗人卢梅坡就说过“梅须逊雪三分白，雪却输梅一段香”，梅凭借自己傲霜凌雪的风骨和幽冷的芬芳，深受文人雅士的青睐。诗人林逋以梅为妻，终身未娶，一首《山园小梅》写尽了梅花的清雅秀逸的姿态。诗人陆游对梅花的喜爱更是溢于言表，恨不能“何方可化身千亿，一树梅花一放翁”。

冷凝的冬天，人们的情感并未因此凝滞，天地间的寥落枯败似乎更能搅乱游子离人的衷肠。这里有离家去乡的游子，“江皋寒望尽，归念断征蓬”，漂泊天涯的愁苦和对家乡的思念，被冬天的寒凉无限放大；有独守空闺的寂寥思妇，在寒冷的冬夜里为丈夫的冷暖而担忧，“裁缝寄远道，几日到临洮”；还有送别友人的离人，“日短天寒愁送客，楚山无限路遥遥”；有思念亡妻的鳏夫，“散关三尺雪，回梦旧鸳机”；有死于战争的士兵，“孟冬十郡良家子，血作陈陶泽中水”；有亡国的忠臣义士，“西京遗老江南客，大泽行吟头欲白”；更有饥寒交迫的贫苦人民，“饭箩驱出敢偷闲？雪胫冰须惯忍寒”。他们以生活为柱，以情为弦，谱出一首首闻者伤心听者落泪的冬日悲曲。

但沉郁和悲凉只是冬天这块跷跷板上低落的一端而已，它高高扬起的另一端写满了缤纷和活力。冬天的离别也可以不悲伤，如“莫愁前路无知己，天下谁人不识君”般洒脱豪爽；冬天的战争也可以不惨烈，如“月黑雁飞高，单于夜遁逃。欲将轻骑逐，大雪满弓刀”般英勇激昂；冬天也可以不消沉和衰败，在诗人吕温的笔下，它酝酿着无限的生机，“雪霜自兹始，草木当更新。严冬不肃杀，何以见阳春”。冬日的贫寒在诗人林古度心中是可以作为调侃的对象，“老来贫困实堪嗟，寒气偏归我一家。无被夜眠牵破絮，浑如孤鹤入芦花”。而像诗人白居易那样，备好新酒和火炉，邀请朋友“晚来天欲雪，能饮一杯无”，更是将寒冷的冬夜过成一首温暖的诗。

古往今来，吟咏冬天的诗歌数不胜数，本书精选了从先秦至明清两千多年间广为传颂的名篇佳作，尤其是唐诗中的脍炙人口之作，从纵向的朝代和横向的情感域两大剖面，力图全面地展示古人在冬天的喜怒哀乐、爱恨情仇。

人类的悲苦与喜乐，世界萧索与生机，被古往今来的诗人们通过诗心妙笔呈现在这冰雪世界中，如果你有意或无意地走进来，被一二诗句打动，产生情感的共鸣，是诗人的幸运，更是世人的幸运。

目录

诗

小磨诗坊·冬

诗

诗经·邶风·北风

先秦 ·佚名

北风其凉，雨雪其雱。
惠而好我，携手同行。
其虚其邪？既亟只且。

北风其喈，雨雪其霏。
惠而好我，携手同归。
其虚其邪？既亟只且。

莫赤匪狐，莫黑匪乌。
惠而好我，携手同车。
其虚其邪？既亟只且。

| 辑 评 |

【清】高朝瓔《诗经体注图考大全》：“风雪形愁惨之状，狐乌实危乱之征。”

【清】方玉润《诗经原始》：“妖孽频兴，造语奇辟，似古童谣。”

赏读

《诗经》是我国第一部诗歌总集，本篇选自《诗经·邶风》。卫国君主暴虐，百姓不堪其统治，纷纷逃离，此诗大概就作于诗人劝携友人逃亡之际。

诗歌总共分为三章，采用了《诗经》中惯用的重章叠句的手法。前两章基本相同，只是变换了几个字。不论是“北风其凉，雨雪其雱”，还是“北风其喈，雨雪其霏”，都是反复渲染寒冬凛冽，大雪纷飞的外部环境，既可实指逃亡时的恶劣环境，也影射当时风雨飘摇，动荡不安的国家。第三章首句“莫赤匪狐，莫黑匪乌”意指天下狐狸一般狡猾，天下乌鸦一般黑，以此来比喻统治者的黑暗与残暴，隐喻当前“黄钟毁弃，瓦釜雷鸣，小人高涨，贤士无名”的世态，而且进一步言明事态的紧急性。在这种情况下，诗人劝慰友人和自己一起逃离黑暗的统治，“惠而好我”是指和“我”相亲相爱，志同道合的友人。“虚”和“邪”是“舒”和“徐”的假借字，大概是诗人的朋友犹豫不决，缓慢徐行，于是诗人焦急地敦促他“既亟只且”，意思是事情都已经这么紧迫了，你还在犹豫什么呢？整首诗节奏紧凑，反复吟咏，复沓回环，更烘托出紧张急迫的环境和氛围，狂风暴雪中，一群百姓相携奔逃故土的情景如在眼前。

孟冬寒气至

南朝·佚名

孟冬寒气至，北风何惨栗。
愁多知夜长，仰观众星列。
三五明月满，四五蟾兔缺。
客从远方来，遗我一书札。
上言长相思，下言久离别。
置书怀袖中，三岁字不灭。
一心抱区区，惧君不识察。

|辑评|

【南朝梁】钟嵘《诗品》："文温以丽，意悲而远。惊心动魄，可谓几乎一字千金。"

【明】谢榛《四溟诗话》："格古调高，句平意远，不尚难字，而自然过人矣。"

赏读

本篇为《古诗十九首》中的第十七首。《古诗十九首》最早见录于梁萧统的《文选》，年代作者均不详，概形成于汉魏时期，非一时一人所作。

悲莫悲兮生别离。这首诗通篇以女子的口吻，通过质朴无华的笔触，书尽了独守空闺的女子在遭遇了“久别离”之后，对丈夫的思念与忠贞，痛苦与煎熬。

十月隆冬，北风裹挟着寒气而至，这让女子本就因思念夫君而凄寒的心寒上加寒。在这冷冽的冬日，常人早早入眠，并且因为贪恋被窝的温暖而怨怪夜短，而心有离愁的女主人公却辗转难眠，心忧这漫漫长夜该如何度过。既然睡不着，索性起床出户，抬头看满天星斗。看着看着，又看到那皎皎的明月，在暗夜中泛着清冷的寒光。从每月十五到二十，月儿圆了又缺，缺了又圆，她日复一日，年复一年地盼望着丈夫归来。盼呀盼呀，盼来的只有三年前的一封书信。那是远在异乡的丈夫托人带给她的。信中，丈夫诉说了对她的思念，却没有相许她渴望已久的归期。等待着她的依然是漫长的别离。她小心翼翼地将书信置于贴身衣物里，是爱惜也是无奈之举。无数个日日夜夜，时时拿出信来反复咀嚼定然是少不了的，但因为她的爱惜与呵护，那字迹并未褪色磨损，就像她对丈夫那坚贞不渝的心。

结句说出了女子的担心：分别了这么久，丈夫是否知道我对他一如既往的心意呢？个中滋味，余意无穷。

子夜四时歌·冬歌

南朝·佚名

其一

渊冰厚三尺，素雪覆千里。
我心如松柏，君情复何似？

其二

途涩无人行，冒寒往相觅。
若不信侬时，但看雪上迹。

其四

夜半冒霜来，见我辄怨唱。
怀冰暗中倚，已寒不蒙亮。

其六

昔别春草绿，今还墀雪盈。
谁知相思老，玄鬓白发生。

赏读

《子夜四时歌》为南朝乐府民歌，收录在宋郭茂倩的《乐府诗集》中。作者不详，相传晋代名为“子夜”的女子所吟。《子夜四时歌》分为春夏秋冬四季之歌，多叙情事，言语质朴，但情思绵绵。其中冬歌十七首。

暗恋、相爱、争执、分离，这四首简短的小诗似乎道尽了男女情事的一生。只不过，与炎炎夏日般浓烈的激情不同，这爱恋发生在白雪皑皑的清冷冬季。

冰冻三尺，白雪千里苍茫，严寒猎杀了一切脆弱，却无法冷却主人公那炽热的心意，只因他陷入了爱情。主人公坚信自己的心意像那“罹严寒而不凋”的松柏，亘古长青。无奈，爱情是两个人的事情，一方再投入也只是唱独角戏。于是，主人公辗转反侧，小心翼翼地揣摩：你是否也像“我”一样一往情深？（其一）

热恋中的人往往如此，即便隔着千山万水，须得穿越风霜雨雪，也要赴你之约。热恋中的情人也喜欢表明心迹：不信，你看，“我”身后深雪上那渐行渐远的脚印，都是我爱你的证据。（其二）

一份爱能承受多少的误解？“我”穿过黑夜冒着风霜来见你，得到的却只有怨怪之语。冷却“我”心的不是严霜，却是你的刻薄言语。这说的便是激情退却后的

矛盾丛生了。被爱人伤透的心如裹着冰雪，主人公于暗处黯然神伤，或许心怀期待，只需要对方一个温暖的拯救。可惜，“吾心非汝心，所感两相异。日暮途穷时，欲告亦无力”，不知不觉中，两人已变得比陌生人更遥远。这段感情，怕是已走到尽头。（其四）

思君令人老，岁月忽已晚。佛曰，人生有七苦，其中之一便是“爱别离”。昔我往矣，杨柳依依，今我来思，雨雪霏霏。别离中，流逝的不仅是时光，还有主人公的“青春”。白雪不仅爬上了石级，也悄然爬上了主人公曾经乌黑的两鬓。何以沧桑得如此之快，只因思念爱人的每一天，都度日如年。（其六）

清浅流利的诗句深情诉说着人类永恒的三题——爱情。即便穿过千年的时光，依然叫人心有戚戚。

夜听捣衣

东晋·曹毗（？）

寒兴御纨素，佳人理衣衾。
冬夜清且永，皎月照堂阴。
纤手叠轻素，朗杵叩鸣砧。
清风流繁节，回飙洒微吟。
嗟此往运速，悼彼幽滞心。
二物感余怀，岂但声与音。

|辑 评|

【南朝宋】刘义庆《世说新语》：“孙兴公道：‘曹辅佐才如白地明光锦，裁为负版绔，非无文采，酷无裁制。’”

赏读

世上也许没有完全的感同身受，但彼此相似的际遇或许会触动人心中的某一根情弦，让你心有戚戚。这首诗便是如此，诗人在冬夜里听到闺中妇女的捣衣声，由她的身世遭际联想到自己，从而发出岁月蹉跎的慨叹。

寒冬莅临，女子开始整理衣物，的确到了换上厚衣服的时候了。冬天的夜清冷而漫长，只有一轮寒凉的月笼罩着同样阴寒的堂屋。女子轻轻地叠好衣物之后，便开始拿起砧杵捣衣了。可是，为何这女子不在晴暖的白日忙活，却偏偏是在严寒的冬夜？自然是为了远方的丈夫，为了她日思夜想的人。凛冬忽至，怕远方的丈夫冷着冻着，便马不停蹄地为他准备御寒的衣物。又或许，无数个日夜，她独守空闺，思念丈夫而辗转难眠，为他捣衣反而是一种寄托和宣泄。清风将那节奏齐整的捣衣声吹到了作者的耳边，在这万籁俱寂的寒夜，一切声响越发清晰可闻。诗人不仅听到了捣衣声，更听到了那声音中饱含的孤苦、寂寞、沧桑、蹉跎，以及漫长的等待……真正触动作者的，当然不是这夜半捣衣声，而是两颗同样孤独的心和渐渐老去的灵魂。

捣衣声为诗人夜里听到，但女子闺中捣衣的场景却是诗人想象，但这想象合情合理，深夜不眠为夫捣衣的女子，恐怕捣的不是衣，是寂寞和思念，是年华和岁月。诗人以捣衣声为牵引，那头系着捣衣女子，这头系着自己，既通过女子捣衣引出自己的岁月流逝之感，又反过来折射出女子红颜易逝之殇。

效阮公诗十五首 其八

南北朝·江淹（444—505）

昔余登大梁，西南望洪河。
时寒原野旷，风急霜露多。
仲冬正惨切，日月少精华。
落叶纵横起，飞鸟时相过。
搔首广川阴，怀归思如何。
常愿反初服，闲步颍水阿。

辑评

【南朝梁】钟嵘《诗品》：“文通诗体总杂，善于摹拟，筋力于王微，成就于谢朓。”

赏读

江淹就是成语“江郎才尽”典故的主人公，字文通，南朝著名的政治家、文学家，历仕三朝。江淹早年出仕后不久，供职于建平王刘景素手下，刘景素密谋造反，江淹多次劝谏，未被采纳，反倒遭贬，《效阮公诗十五首》便作于此时。阮公即阮籍，他的诗言近而旨远，往往通过比较隐晦曲折的形式表达出自己的心志。江淹这首诗效法了阮籍这种写法，表达出自己的处境之困。之所以没有直抒胸臆，大抵是因为那是个战乱频仍，朝不保夕，动辄得咎的年代。

篇首忆及往日里冬天，登城远望长河，眼见一片萧索肃杀的景象：万物萎缩，生机退却，原野空空荡荡的，寒风凛冽，霜露繁多，那天上的太阳也无精打采，泛着惨淡的白光。狂风卷起地上枯黄的落叶，上下翻飞，似乎要绞灭它最后一丝生机，有鸟儿不时飞过，或许是“鸟欲静而风不止”，又或许是想逃离这寒冷肃杀之地……

眼前之景既是实写，也是虚写，它不仅让作者联想起了自己身处的环境，也就像这眼前的冬景：冷漠、萧索，缺乏生机和希望，故而诗人生发了思归之念。既然不愿忍受，也无力改变，不如辞官归去，像隐居在箕水、颍水间的巢父和许由一样，过上恬淡自适的生活。

整首诗由景生情，借景言志，隐而不晦，字里行间不难感受到作者内心的困顿与挣扎，无奈与无力。

冬日晚郡事隙

南朝齐·谢朓（464—499）

案牍时闲暇，偶坐观卉木。
飒飒满池荷，翛翛荫窗竹。
檐隙自周流，房栊闲且肃。
苍翠望寒山，峥嵘瞰平陆。
已惕慕归心，复伤千里目。
风霜旦夕甚，蕙草无芬馥。
云谁美笙簧，孰是厌薖轴。
愿言税逸驾，临潭饵秋菊。

辑评

【清】刘熙载《艺概》："语皆自然流出。"

【清】沈德潜《古诗源》："玄晖灵心秀口，每诵名句，渊然泠然，觉笔墨之中、笔墨之外，别有一段深情妙理。"

赏读

谢朓，字玄晖，南朝齐诗人。这首诗是谢朓任宣城太守时所作，办公之闲，谢朓沿着府署散了个步，观光了一下周遭的花草树木，或许是冬天万物衰飒，竟引得谢朓的思归之心和隐居之念一发不可收拾。

才华横溢、身系官职的谢朓多数时间都得埋首案牍理写材料。偶然得了闲暇，就信步去看看府衙中的花草树木。可惜天公不作美，时逢寒冬，满池的荷花和窗边的绿竹都是一副枯萎衰败的模样。如此风景徒惹伤感，于是顺着屋檐转了一圈，官府的衙差可能都下班了，偌大高挺的屋宇显得寂静又肃穆。他抬头，苍翠的山峦耸立周遭，视野下移，又看到那绵延向无穷远方的陆地……

这衰败寒漠的冬日景色，引起了谢朓的伤心事。羁旅宦游之人甚思乡。谢朓望着山那边，路的尽头，思归之心翻涌。好男儿志在四方，为什么谢朓这么想辞官归去呢？“风霜旦夕甚，蕙草无芬馥”就是原因。这句并非实写景，而是虚指当时的社会环境。那本就是个朝不保夕的乱世，作者出任宣城太守前，在萧氏皇室内部刚刚上演了一场骨肉相残的夺权大戏，所以“风霜旦夕甚”说的便是残酷的政治环境，他亲附的竟陵王子良、随郡王子隆及好友王融，又在这时去世，故言“蕙草无芬馥”。心灰意冷，厌倦官场的谢朓看透官场的名利和享乐，不畏惧辞官归隐后的贫病。他最大的愿望就是乘上快马，脱离官场，归隐山林。

梅花落

南朝梁 · 吴均（469—520）

隆冬十二月，寒风西北吹。
独有梅花落，飘荡不依枝。
流连逐霜彩，散漫下冰澌。
何当与春日，共映芙蓉池。

赏读

古往今来，梅花以其超凡脱俗、傲岸高洁的姿态，倾倒了无数骚人墨客，被他们引为知己，诗人吴均就是其中之一，这是一首咏梅诗，却不止步于单纯状梅咏梅，而是有所寄托。

首句点明恶劣的自然环境，隆冬时节，万物凋零，从西北吹来的寒风呼啸在天地间。只有傲霜凌雪的早梅，在经历了一整个冬天的洗劫之后，开始从怒放走向凋零，被寒风吹落的花瓣飘飘荡荡，离开了熟悉的枝头。随风飘荡的梅花，有的恋恋不舍地追逐着寒霜的光彩，落到了地上，有的四散弥漫，飘落到水面的浮冰之上。这两句采用了拟人化的手法，将落梅写出了人情味，特别是“逐”和“下”字，既描摹出了梅花飘落的动态之感，又赋予了梅花依依不舍的情态。然而，怜惜梅花的诗人却不希望它承受这寒冬霜雪，他更希望梅花能够开放在温暖的阳春时节，和春日的暖阳一起，倒映在芙蓉盛开的水池。

其实，对梅花命运的希冀，就是诗人对自己命运的希冀。南北朝时，重家世门第，而吴均出生贫贱，可谓终生不得志，他的作品中也常流露寒士的傲骨雄心以及怀才不遇的境遇，正是因为和梅花拥有同样的风骨和气节，梅花年年向寒而生的恶劣处境才会引起诗人的共鸣，他希望梅花的命运得到改变，不如说是希望在坚持风骨的前提下，自己的境遇得到改变。但梅花开于寒冬是自然之道，诗人的期望是不可能实现的，而重出生门第是当时整个社会的制度和共识，个别贫士的呐喊更是微不足道、不足撼动。这让诗人的期望蒙上了一层悲剧的色彩。

冬日普光寺卧疾值雪简诸旧游

唐·慧净（578—？）

卧痾苦留滞，辟户望遥天。
寒云舒复卷，落雪断还连。
凝华照书阁，飞素浣琴弦。
回飘洛神赋，皎映齐纨篇。
萦阶如鹤舞，拂树似花鲜。
徒赏丰年瑞，沉忧终自怜。

|辑评|

【唐】道宣《续高僧传》："文义绮密，高彦推之。"

【唐】道宣《续高僧传》："翰林文士推承冠绝，竞述新制请摘瑕累。"

赏读

慧净，隋末唐初陕西长安纪国寺僧。僧人慧净病中逢大雪降临，卧室观雪，伤及自身的疾病，苦闷寂寞，遂有此诗寄赠往日交游的朋友们。诗歌主要描写了寺中落雪的情景，联想丰富、美不胜收。

诗人这次卧病在床恐怕已经很久，长期无法外出访友，这让他心中十分苦闷无聊。于是只好打开窗户，望着远方的天空，以此消遣自己对外界的向往。可窗外的景色却给病中的诗人带来一个惊喜：天上的寒云舒卷开合，不断变幻，从这苍穹落下的片片飞雪，似断实连。从云舒看到云卷，可见诗人观察时间之久，也可见诗人对落雪的真心欢喜。那雪光照得书房亮堂堂的，给久病的诗人带来一丝光明。几片洁白的小雪花被风吹进窗户，润湿了摆在窗台边的琴弦。诗人看着那轻盈而又洁白的雪花，想起了曹植的《洛神赋》:“飘摇兮若流风之回雪”，又想起那些描写洁白丝绢的名篇佳句，这两句虚写雪花色白态美。白雪在台阶上翩翩起舞，如白鹤般姿态闲美，它们从树枝间穿梭飞扬，好像被风吹起的片片花瓣。作者为这一场丰年瑞雪心生欢喜，可也更加自伤自怜。怜的是什么？诗人没有明说，但不言而喻，如此清美的大雪，本应该与朋友踏雪寻梅、煮酒言欢，他却因病只能困住房中，能不苦闷寂寞，叹息忧伤么？

诗三百三首 其三十一

唐·寒山（？）

杳杳寒山道，落落冷涧滨。
啾啾常有鸟，寂寂更无人。
碛碛风吹面，纷纷雪积身。
朝朝不见日，岁岁不知春。

赏读

寒山，生卒年不详，唐代诗僧，又称寒山子，长期住在浙江天台寒岩。这首诗描写了诗人隐居的寒山中的冬日景色，塑造了一个与世隔绝、超然物外的隐士形象。

诗人居住的寒山有点类似于陶渊明笔下的世外桃源，只不过一个是暖色调，一个是冷色调；一个是一群人的世外桃源，一个是一个人的世外桃源。诗人常常一个人走在寒山中的那深远悠长的小路，山间的水流幽冷清寂。常有鸟儿在林间啁啾地鸣叫，没有扰攘人迹的山中显得更加阒寂。第二句和“蝉噪林愈静，鸟鸣山更幽”的意境相似，以动衬静，突出环境的清幽。淅淅的山风拂面而来，纷然的白雪落在诗人身上。因为山中树木蓊郁，遮天蔽日，所以长期隐居在这里的诗人天天看不到日头，年年不清楚四季的变化。春，在这里是泛指，指的是四季的变化。

寒山位于浙江，江南一带属于亚热带常绿阔叶林带，草木枯荣确实不分明，但四季植株颜色及形态总会有变化，诗人为什么说自己“岁岁不知春”呢？因为诗人“心中无四季”，对于参悟佛理、欣然忘机的诗人而言，一年四季的细微变化纵然入了他的眼，也入不了他的心，更何况就算入了心，凡俗的一切于他而言四大皆空，无甚差别。

冬郊行望

唐·王勃（650？—676？）

桂密岩花白，梨疏林叶红。
江皋寒望尽，归念断征蓬。

|辑 评|

【明】胡应麟《诗薮·内编》："王勃兴象宛然，气骨苍然，实首启盛、中妙境，五言绝亦抒写悲凉，洗尽流调，究其才力，自是唐人开山祖。"

【明】陆时雍《诗镜总论》："王勃高华。"

赏读

这首诗写诗人冬日在郊外行走，目睹寒江冬景，生出思归之意。

诗人行到江边，眺望四野，所见是一幅初冬的景象：稠密的桂林开满了白花，有些经过寒秋的洗礼，落在山岩上，密密白白。树林里结的梨子稀稀疏疏，树叶被风霜染成了红色。后两句是由“望”而引发的归思。对一般人而言，如果不是有事，在这样寒冷的天气，定然不会来到郊野外闲望。而诗人不仅“望”了，而且还“望”了个遍，“望尽”暗示出诗人凝神之久。这无疑说明诗人心有郁结，无处排解。“寒”字既是诗人的客观感受，也是主观感受。初冬时节，又是江边，万物定然都被寒气笼罩，而久久伫立的诗人受到寒气的侵袭，骤然感觉到冷意。更深一层来说，这“寒”不仅是身体的感受，也是内心的感受。

这种感受在最后一句真相大白：那是漂泊在外、渴望归乡的孤独与悲愁。原来，是归乡之念驱使诗人来到这寒江边上眺望，聊以排遣盼归之念及思乡之愁，或许这江边有渡口，或许是诗人回家的必经之地，又或许只是方便看清家的方向。结果，归乡之念没有得到排解，而是被生生扼杀。因为诗人看到江边飘飞的蓬草，想到自己漂泊不定、身不由己的现实命运，心想这样的自己又有什么资格谈回家呢？于是生生掐断了自己的归乡之念。美好的幻想一触及残酷的现实，瞬间灰飞烟灭。连想一想的资格都没有，这对于诗人而言，岂非更残酷？

感遇十二首 其七

唐·张九龄（678？—740？）

江南有丹橘，经冬犹绿林。
岂伊地气暖，自有岁寒心。
可以荐嘉客，奈何阻重深。
运命唯所遇，循环不可寻。
徒言树桃李，此木岂无阴。

|辑 评|

【明】周珽《唐诗选脉会通评林》：“曲江《感遇》诸诗言言历落、字字玄微，《十九首》之后无此陆离精致。”

【明】贺贻孙《诗筏》：“张曲江《感遇》，则语语本色，绝无门面矣，而一种孤劲秀澹之致，对之令人意消。”

【清】沈德潜《唐诗别裁》：“《感遇》诗，正字古奥，曲江蕴藉，本原同出嗣宗，而精神面目各别，所以千古。”

赏读

开元二十四年（736），张九龄遭受李林甫陷害，罢相后被贬为荆州刺史，信而见疑，忠而被谤，于是写下《感遇》一组诗来抒发情志。这是组诗中的一首，托丹橘来寄托自己傲岸的风骨，抒发被小人谗害的愤懑。

松、雪、竹、梅，被公认为是凛冽寒冬中风骨和气节的代表，历来为文人墨客所吟咏，以寄托心志。但这首诗却不落俗套，选取了冬天里的另一样景物——丹橘作为吟赏的对象，或许是因为诗人的谪居地本就是著名的产橘区，那片片历经严冬而依然绿意盎然的橘树，引起了诗人的欣赏与共鸣。或许有人会质问，那岂不是因为江南气候温暖吗？诗人不以为然，如果是得益于气候，其他的姹紫嫣红怎么没能像丹橘这样坚挺呢？所以说主要还是因为丹橘有“岁寒之心”。

有如此风骨和品质的丹橘当之无愧可以推荐给嘉客，可惜阻挠重重，难以实现。诗人表面是在写丹橘，其实是在隐喻自己被小人所馋，为明主所弃的遭遇，也隐含着渴望被再次重用的愿望。可残酷的现实又让诗人失望不已，失望中的他将一切寄托给命运：算了吧，命运的好坏就如同自然之理，循环往复，不可人为控制，不若顺其自然。尽管诗人这样宽慰自己，可内心矛盾纠结还是没法真的平静，于是在全诗的最后一句，他又愤然质问：都称赞春夏的桃李树大好乘凉，难道丹橘就不能遮阴了吗？反诘和对比中不禁流露出对世道和命运不公的愤慨。

赴京途中遇雪

唐·孟浩然（689？—740）

迢递秦京道，苍茫岁暮天。
穷阴连晦朔，积雪满山川。
落雁迷沙渚，饥乌集野田。
客愁空伫立，不见有人烟。

|辑评|

【宋】刘辰翁《王孟诗评》：“决不为小儿语求工者，大方语绝无峻处。”

【清】黄生《增订唐诗摘钞》：“点‘雪’只第四一句，前具雪意，后借雪中人物付托，真能写雪之神者。”

赏读

开元十六年（728）年底，诗人赴京应试，途中遇雪，无处投宿，这首诗记录当时诗人饥寒交迫、彷徨迷茫的窘境。

诗人孟浩然于岁末赶赴京城应试，通向京城的道路看起来遥远得仿佛没有尽头，暮色笼罩大地，天地间一片苍茫。首句苍茫渺远的意境烘托和契合了诗人此时的心境。诗人此时已经四十岁，对于这次进京，命运会如何，心中想必充满了担忧和迷茫。

晦，阴历每月最后一天。朔，阴历每月初一。诗人赶路这一个月来，都是浓重的阴天，这无意会让人的心情无比压抑和沉闷。中间肯定是几场大雪，万里山川都被厚厚的积雪覆盖。水边的沙洲上，飞落的大雁在沙洲上寻寻觅觅，或许是在找食物，又或许是找栖息之地，但大雪纷飞却让它们迷失了方向，无处寻觅。饥饿的乌鸦在田野里聒噪个不停。这两句看似写物，其实喻人，饥寒交迫，无处可停息，正是诗人当前处境的真实写照。诗人呆呆地站立在苍茫的大雪之中，茫然四顾，却不见一丝烟火的气息。没有烟火就意味着没有人家。这样一幅雪中伫立图，将诗人的迷茫、彷徨、不知所措，甚至还有那么一丝绝望展现得淋漓尽致。

岁暮归南山

唐·孟浩然（689？—740）

北阙休上书，南山归敝庐。
不才明主弃，多病故人疏。
白发催年老，青阳逼岁除。
永怀愁不寐，松月夜窗虚。

|辑 评|

【明】周珽《唐诗选脉会通评林》：“三四二语不朽，识力名言，真投之天地劫火中，亦可历劫不变。”

【清】黄生《增订唐诗摘钞》：“结句是寂寥之甚，然只写景，不说寂寥，含蓄有味。”

赏读

开元二十二年（734），孟浩然再次到长安求仕，结果又一次受挫，心灰意冷，遂作此诗，以表明自己就此想要归隐的志向，但诗中更多地透露出其怀才不遇的悲愤和年华易逝的愁苦。

“北阙”是朝廷的别称，“南山”代指隐居地，诗人求仕再一次无疾而终，于是以停止向朝廷上书的说法，来表明自己已经决定放弃政治抱负，准备回到南山自己简陋的房子隐居。紧接着两句表阐明自己决定隐居的原因：我没有才能所以被伟大的君主抛弃，年老多病的我和以前的老朋友都疏远了。名满天下，受到李白、王维、张九龄赏识的孟浩然会没有才学？自然不是，诗人看似自怨自艾，实际上透出对弃“我”之“明主”的一丝埋怨。志向得不到伸展，朋友也疏远了，更重要的是白发越来越多，年华渐渐老去。又是一年的尽头，他拖着苍老衰颓的身体客居京师，一切毫无进展，除了归隐山林，寻一处静心之所，他大抵是没有别的办法了。

最后两句写诗人心中愁苦烦乱，夜不能寐。诗人心中本怀有政治理想，只因这理想遭遇现实的阻挠不能实现，他才转而寻求山林的安慰。但诗人心中又有所不甘，所以才辗转反侧，难以入眠。最后一句是以诗人失眠中所见的情景作结：朦朦的夜色中，窗外的松树被清冷的月光笼罩，恍如幻境般看不真切。景中含情，情景交融，虚幻朦胧的景也隐喻着诗人那同样迷茫不清的未来。

终南望余雪

唐·祖咏（699—746）

终南阴岭秀，积雪浮云端。
林表明霁色，城中增暮寒。

|辑 评|

【清】徐增《而庵说唐诗》：“此首须看其安放题面次第，如月吐层云，光明渐现，闭目犹觉宛然也。此诗处处针线细密，真绣鸳鸯手也。……此外真更不能添一语也。”

【清】施补华《岘佣说诗》：“苍秀之笔，与韦相近。”

赏读

据《唐诗纪事》记载，祖咏去长安应试，文题是“终南望余雪”，按照要求，是要写一首六韵十二句的五言长律，但祖咏只写了上面四句就搁笔交卷了。考官命他重写却被他拒绝了，因为他感觉意思已经完满，再多写就是画蛇添足。考官当然不高兴，祖咏也因此未被录取。这首小诗虽然简短，但境界全开，将终南山余雪景观呈现得极富韵味。

首句是诗人远望终南山的整体感受，用一“秀”字概括，精练独到，给人留下无穷的想象空间。“山北水南”为阴，“阴岭”就是终南山的北面，因为北面日照和直射时间短，温度相较于南面偏低，山上积雪融化得也比较慢，所以才有诗人看到“积雪浮云端”的场景。雪后初晴，终南山山巅的积雪还未融化，天幕云层低垂，山高耸入云，远远望去，那积雪竟好似浮在云层之上，给人一种缥缈梦幻的感觉。接着诗人的视线下移到山坡上的树林间，“林表”是指树林的顶端，“霁色”指初晴的阳光，为什么只有林表有霁色呢？那是因为日暮时分，夕阳西下，阳光斜射到树林间，诗人远远平视过去，便只有树林的顶端笼上一层明亮之色。

前面都是从视觉来呈现终南山余雪，最后一句另辟蹊径，从人的感觉入手。俗话说：下雪不冷化雪冷。傍晚时分，在城中遥望的诗人感觉寒意越发浓重，不由得紧了紧身上的衣服，他望了望触目可见的终南余雪，笃定是余雪的寒气悄悄潜入了城中，增添了寒冷。

嘲王历阳不肯饮酒

唐·李白（701—762）

地白风色寒，雪花大如手。
笑杀陶渊明，不饮杯中酒。
浪抚一张琴，虚栽五株柳。
空负头上巾，吾于尔何有。

赏读

诗仙不愧是诗仙，连嘲笑人不肯喝酒都能这么风雅俊逸，豪气干云。某年冬天，李白出游历阳，友人王县丞设宴款待他，谁知诗仙一发不可收拾，友人王县丞或许酒量不济，或许不能多饮，总之，没能让“天子呼来不上船，自称臣是酒中仙”的李白尽兴，于是便有了这首嘲笑友人不肯饮酒的诗。

宴饮这日，寒风凌冽、大雪纷飞，地上一片莹白。“雪花大如手”写出了雪之大，非常符合李白一向的夸张主义风范，如“白发三千丈”“朝如青丝暮成雪”。这样白雪纷飞纷、天寒地冻的天气不正适合酩酊大醉一场？对于友人的不肯作陪，李白不留情面地戏谑嘲笑起来：你呀你，平日里口口声声以陶渊明为榜样，说羡慕他洒脱闲适的风流之态。你快别这么说了，不然陶渊明要笑掉大牙。幸亏你不是陶渊明，不然真是白抚了一张素琴，徒栽了门前的五棵翠柳。陶渊明头上滤酒的葛巾，对你来说只能算是个摆设罢了。陶渊明喜欢喝酒，经常用头巾滤酒，滤后又戴上，可谓爱酒成痴、率真洒脱之至。从李白的戏谑中可以看出李白对于陶渊明无疑是欣赏和仰慕的，而以友人的偶像来嘲笑他，颇有激将的意图。

诗中充满了豪气和逸气，不知王历阳听完，是否心潮澎湃，同李白一醉方休呢？

子夜吴歌·冬歌

唐·李白（701—762）

明朝驿使发，一夜絮征袍。
素手抽针冷，那堪把剪刀。
裁缝寄远道，几日到临洮。

|辑 评|

【宋】严羽《沧浪诗话》：“情古。”

赏读

这首诗塑造了一个闺中思妇的形象，通过对思妇裁衣的动作和心理描写，表达了思妇对于征夫的思念和关怀。

开头交代了背景，明天可以传送征衣的驿使就要出发了，事情紧急，这才引出了女子连夜缝制冬衣的情节。接下来是女子缝制冬衣的细节描写：在严寒的夜里，素手穿针引线已是极为寒冷，更何况还要拿起又冷又硬的剪刀。这两句聚焦女子寒夜缝衣的身体感受，突出了冬夜的“冷”。而即使冒着这样的冷，女子也心甘情愿地要将冬衣在一夜之间赶制出来。可见她对于出征在外的丈夫的关怀和真情实意。

最后两句写女子的心理感受，她缝着缝着，想起了在远方的丈夫，不禁忧心起冬衣要多久才能到丈夫身边，会不会寒凉已至而衣服未到呢？这种生怕丈夫没有衣物御寒的细微心理，将女子对于丈夫无微不至的关怀和思念都倾泻出来。到此为止，一个冬夜里就着寒灯，穿针引线缝制冬衣，眼里满是担忧和柔情的思妇形象就如在眼前了。

现代社会物质条件越来越丰厚，交通愈来愈便利，我们越来越难体味到“裁缝寄远道，几日到临洮”“临行密密缝，意恐迟迟归”这种细腻和淳朴的温情，好在也少了诗中这种千里相隔，欲见而不能的煎熬和痛苦。

秋浦歌十七首 其十四

唐·李白（701—762）

炉火绕天地，红星乱紫烟。
赧郎明月夜，歌曲动寒川。

辑评

【清】王琦《李太白全集》:“《唐书·地理志》:秋浦有银有铜，此篇盖咏鼓铸之景也。杨注以为炼丹之火，萧注以为润人之火，此二火者，安能‘照天地’耶？”

赏读

这是一首独具个性与特色的诗歌，题材和内容在诗歌史上并不多见，诗歌生动刻画了冶铁工人在冬夜里劳作的场景，气度恢弘壮阔，充满了盛唐气象。

秋浦在今安徽贵池，是唐代银与铜等金属的主要产地。诗人到达冶炼现场，只见高大的冶炼炉里的火熊熊燃烧着，喷薄欲出，红彤彤的巨形火苗在炉顶摇曳晃动，一颗颗火星在紫色的烟雾中跳动飞溅，夜晚漆黑的天地间都被这耀眼的炉火照亮了。接下来，诗人将目光聚焦在了正在劳作的冶炼工人身上。“赧”本来指人因为害羞而脸红，在这里指工人们被炉火映红的脸庞，明月高照的夜晚，工人们围绕着火炉劳作着，火光照得他们朴实的脸庞红彤彤的，汗水湿透了他们的脸庞和衣衫，他们一边工作，一遍齐齐唱着劳动人民的歌谣，那声音惊天动地，简直连寒冷的江流都被震撼得动荡起来。如果说前两句是从视觉上给人以冲击，那后两句就是造成了听觉上的完全爆破力，声色结合，营造出一幅气势恢弘，震撼人心的冬夜冶炼图景。

这首诗塑造的劳动人民形象，不同于杜甫、白居易等诗人笔下凄惨、贫苦的劳动人民，他们拥有健壮的体魄，充满了活力和激情，大概也只有诗仙李白，劲笔一挥，便在劳动人民的诗歌书写史上，留下了浓墨重彩的一笔。

观猎

唐·王维（701—761）

风劲角弓鸣，将军猎渭城。
草枯鹰眼疾，雪尽马蹄轻。
忽过新丰市，还归细柳营。
回看射雕处，千里暮云平。

|辑 评|

【清】吴烶《唐诗直解》："'草枯'二句，同是奇语，上句险，下句秀。结处淡而有味，可玩。"

【清】李因培《唐诗观澜集》："返虚积健，气象万千，与老杜《房兵曹马》诗足称匹敌。"

赏读

这首诗描写了将军出猎的场景，突出了将军骁勇英武的形象。和以往软绵绵的寄托情思的诗歌不同，这首诗题材新颖，气势铿锵，颇有英雄气质。

首句一鸣惊人，强劲的风声之中有弓箭声破裂而出，可谓未见其人先闻其声，弓箭之声起句，也点明了“观猎”这一主题。接下来人物出场，如此撼动人心的弓箭之声从何而来？原来是将军在渭城打猎。将军一出场，就是身手不凡。

接下来描摹了打猎时纵情驰骋的场景：时逢寒冬，原野上的草都枯萎了，飞在将军上方的苍鹰眼无障碍，能够更加迅疾地发现猎物。原上的雪也已经融尽，将军飞马向着猎物的方向追踪而去，马蹄轻捷，如鸿雁点地。鹰眼之“疾”和马蹄之“轻”相得益彰，衬托出猎事的激烈以及将军的迅捷。

随后诗人笔锋一转，转到将军罢猎后回营地的场景。新丰市，在今陕西省临潼市，是古代盛产美酒的地方。细柳营，在今陕西省长安市，是汉代名将周亚夫屯军之地。两地相隔七十多里,“忽过”以及“还归”突出速度之快，可谓一日千里。不过，新丰市和细柳营或许是诗人兴之所至，信手拈来，未必实质。而用汉代名将周亚夫的“细柳营”来代指将军的军营，也为本诗的将军度上了大将光环与名将风范。诗人虽然略去了此次打猎的战果，但从将军猎时的迅疾以及罢

猎回营的轻逸，不难想象此时将军踏马而归，志得意满、意气风发的情态，想必收获颇丰。退一步而言，就算是收获不丰，依然可以感受出将军是非常享受这个过程的。

最后一句落脚在将军回营之后，立定马蹄，将军回望打猎的那边原野，却见暮色苍茫，云淡风轻。以景作结，言有尽而意无穷，“千里暮云平”和首句“风劲角弓鸣”形成映衬和对比之势，猎后的平静默然更加凸显猎时的剑拔弩张、惊心动魄的气氛。

冬晚对雪忆胡居士家

唐・王维（701—761）

寒更传晓箭，清镜览衰颜。
隔牖风惊竹，开门雪满山。
洒空深巷静，积素广庭闲。
借问袁安舍，翛然尚闭关。

| 辑 评 |

【清】屈复《唐诗成法》：“五六写雪不着迹象，妙句。此首逐次写去，直到结句。”

【清】沈德潜《唐诗别裁》：“写‘对雪’意，不削而合，不绘而工。‘忆胡居士’只末一见。”

【清】王士禛《唐贤三昧集笺注》：“雪诗如此，甚大雅，恰好。开后人咏物之门。”

赏读

这首诗是诗人见雪思人之作。诗人清晨早起，见门外洋洋洒洒下起了大雪，于是自然而然地想起朋友胡居士，不经意间流露出对胡居士的关切与思念。

寒冷的清晨，更声传来拂晓的消息。诗人梳发洗漱，看见镜子里自己苍老憔悴的容颜。首句言天气寒冷，人已迟暮，奠定了一种清冷悲凉的基调。隔着窗户，诗人听见寒风呼啸将竹子吹得哗哗响，此风既“惊”竹，也“惊”人。被狂劲的风声惊到的诗人，打开门一看，大雪纷纷扬扬，洒落漫山遍野。

这几句先以听觉侧面烘托，再引出下雪这一事实，然后直观描写大雪满山的场景，绘声绘色，叫人不觉跟着诗人的感官身临其境。大雪从空中纷纷落下，落入寂静的深巷中，使巷子显得越发寂静，皓洁的白雪在宽广的庭院中积了厚厚一层，庭院更加清寂。这两句一写雪的动态，一写雪的静态，动静结合，既描摹出雪的轻盈空灵，又渲染出下雪之后环境的清冷静寂。袁安是东汉大臣，家中贫困，某年大雪积地一丈，穷人纷纷出门扫雪讨饭，只有袁安家门前被雪封住，洛阳令以为袁安已经冻死，命人破门而入，却见袁安在睡大觉。问他为何不出门，袁安却说：“大雪天大家都在挨饿，不应该去求人。”在这里袁安舍指的就是胡处士的居所。诗人见这大雪纷纷，不禁想起了生活贫困的朋友胡居士，心中暗暗问道：你恐怕也像袁安一样在这大雪之中紧闭大门，悠然大睡吧？既表达出对朋友诚挚的关怀，也有对朋友德行操守的仰慕。

杂诗三首 其二

唐·王维（701—761）

君自故乡来，应知故乡事。
来日绮窗前，寒梅着花未？

|辑评|

【清】黄叔灿《唐诗笺注》："与前首俱口头语，写来真挚缠绵，不可思议。着'绮窗前'三字，含情无限。"

【清】宋顾乐《唐人万首绝句选》："以微物悬念，传出件件关心，思家之切。"

| 赏读 |

这是一首表达思乡之情的诗作，语极浅淡，而情深意切，宛如一杯上好的茶品，初入口时淡而无味，而后咂舌细品，便觉口齿生香，回味无穷。

整首诗都是以主人公和同乡的叙话内容来展开的，冬日里的某一天，主人公在外面偶遇了一位同乡，又或许是故乡旧友来访，这令主人公莫名激动，又惊又喜地拉住旧友，问东问西，聊起分别后的点点滴滴，得知朋友是刚刚从家乡过来，主人公更是喜不自胜，脱口问道："我的朋友，你来时家乡的梅花，可有盛开呢？"非常平淡的叙述，却给人留下无限思索和想象的空间，比如为什么主人公见到同乡会如此激动呢？无疑是因为流落异乡的他一直在思念着家乡，遇到故乡来人，心中的思念之情被点燃,瞬间喷薄而出。为什么主人公不问其他，只问梅花开否？因为主人已经在心中无数次地询问和畅想过家乡梅花盛开的场景，不仅仅是梅花，家乡的一草一木，一人一物或许都被主人公日思夜想过，梅花不过是家乡的缩影而已，诗人脱口问出梅花的开放情况，或许是为异乡盛开的梅花所触发，饱含着主人公对家乡急切思念的心情，想要了解有关家乡消息的渴望。

王维将这种以小见大，见微知著的手法运用得出神入化，不露痕迹，语言浅白，但情感委婉，可谓含蓄隽永，情味悠长。

别董大二首 其一

唐·高适（704—765）

千里黄云白日曛，北风吹雁雪纷纷。
莫愁前路无知己，天下谁人不识君。

|辑 评|

【清】徐增《而庵说唐诗》：“此诗妙在粗豪。”

赏读

董大，应该指的是董庭兰，唐代著名的琴师。唐玄宗天宝六年（747），吏部尚书房琯被贬出朝，门客董庭兰也离开长安。是年冬天，高适与董庭兰在睢阳短暂相会，却又匆匆告别，离别之际，高适作《别董大二首》。

诗人送别董大之时，天色苍茫，暗淡的黄云布满天空，天光晦暗不明。北风强劲地呼啸着，一阵大雁随风而飞，渺小无力，大雪纷纷而下，寒意更甚。这两句营造出一种苍茫悲壮的离别氛围，烘托出离别的伤感以及诗人心中的黯淡，却不落小儿女凄凄惨惨的俗套，另生一种英雄相别的悲壮气概。尤其是最后一句，就像穿透层层黑云的阳光，照亮了离别之人的心堂。对于离别，诗人不是"劝君更尽一杯酒，西出阳关无故人"的伤怀，不是"多情自古伤离别，更那堪，冷落清秋节"的凄清，而是自成一格的自信与乐观。尽管诗人对朋友董大多有不舍，却并未唱衰朋友离开后的处境，而是给他劝慰和自信：你不要担忧离开我之后没有知己，你的美名天下遍识，何处没有你的知己呢？何等的豪迈洒脱！

从《别董大二首》其二"六翮飘飖私自怜，一离京洛十余年。丈夫贫贱应未足，今日相逢无酒钱"可知，诗人当时处于漂泊困顿的生活状态，但诗人并未因此丧失对生活的信心，对待离别也是如此，伤离别却不沉浸于离别，而是擂起生活的战鼓激励朋友继续向前。罗曼·罗兰说：世界上只有一种真正的英雄主义，那就是在认识生活的真相后依然热爱生活。其谓诗人欤？

使青夷军入居庸三首 其一

唐·高适（704—765）

匹马行将久，征途去转难。
不知边地别，只讶客衣单。
溪冷泉声苦，山空木叶干。
莫言关塞极，云雪尚漫漫。

|辑 评|

【明】周珽《唐诗选脉会通评林》："雄浑悲慨，是盛唐人口吻。"

【清】黄叔灿《唐诗笺注》："由行役而写到边塞，复由边塞而转入行役，意绪环生，如见当日匹马过关之状。"

赏读

唐天宝九年（750）秋，高适以河南封丘县尉的身份，送兵到驻扎在居庸关外妫州的青夷军。是年冬天，诗人送兵后返回居庸关途中，边地苦寒，路途漫漫，于是写下这组诗记录下当时的处境和心情。

“匹马”说明诗人一个人单马独骑踏上漫漫征途，途中的孤独寂寞可想而知。诗人来时是秋天，且有士兵相伴，离开边地时独自一人，又逢寒冬降临，所以心中感觉离开的时候反而更加艰难。以下几联都围绕着一个“难”字展开。一难在边地寒冷，无衣御寒。诗人没想到边关和内地气候差别如此之大，真正切身体味到冬日边塞寒意入骨时，方才惊讶自己只备了单衣。二难在万物萧索，心境悲苦。路过的溪水同样寒气逼人，山中的泉水不再奏着清新明快的曲调，干枯的嗓子里发出悲涩哀苦的声音。泉水随着季节变化和水量的多少，流动的声音定然会有所不同，但这种声音并没有苦乐之分，“泉声苦”不过是诗人悲苦心境的映射罢了。山中的草木凋零殆尽，只剩下光秃秃的枝干，毫无生机，更显悲凉。三难在路途漫长，风雪正盛。诗人的视线触及那远没有尽头的出塞之路，已觉苦不堪言，再看看眼前风雪弥漫，没有止息的样子，更是难上加难。最后一句生动呈现出诗人风雪中单马走边塞的场景，艰难的处境，心境的悲苦如在眼前。

悲陈陶

唐·杜甫（712—770）

孟冬十郡良家子，血作陈陶泽中水。
野旷天清无战声，四万义军同日死。
群胡归来血洗箭，仍唱胡歌饮都市。
都人回面向北啼，日夜更望官军至。

| 辑 评 |

【清】宋征璧《抱真堂诗话》："工部《悲陈陶》，可谓沉着痛快。"

【清】浦起龙《读杜心解》："陈陶之悲，悲轻进以致败也。官军之聊草败没，贼军之得志骄横：两两如生。结语兜转一笔好，写出人心不去。"

赏读

陈陶，地名，即陈陶斜，又名陈陶泽，在咸阳。至德元年（756）十月，安史之乱爆发，宰相房琯率领唐军和安史叛军作战于陈陶，结果唐军大败，死伤四万余人。杜甫当时被困长安，目睹了战败后的情景，有感而作此诗。

战争发生在孟冬十月，牺牲的唐军不计其数，陈陶泽中的水被他们身上的鲜血尽数染红。“十郡良家子”的身份介绍，言明这些士兵并非穷凶极恶、命该如此的凶徒，他们都是有父母兄弟的好人家的孩子，本应该在家享受天伦之乐，却惨遭战争屠戮，悲痛之意更甚。接着诗人将视角转向战场的天地之间，战争的号角已经止息，原野空旷、天地肃清，战时剑拔弩张、黑云压境的气氛已然消弭，剩下的只有同日而亡的四万义军的尸体，躺在空旷的原野中，这是一幅多么悲壮而又惨淡的画面。可与此惨痛的败景相反的，却是那群打了胜仗的叛军志得意满的嘴脸，他们归来之后洗净血剑，高唱着胡歌在酒肆里高谈畅饮，他们的谈论中定然少不了对杀戮四万义军的炫耀。死亡义军和得意叛军的对比，突出了死去义军的惨烈以及叛军的可恨。最后一句将镜头对准了在铁骑压迫之下的百姓，他们面北而泣，日夜盼望着官军来解救他们。一“啼”一“望”，两个面部动作特写，将受压迫百姓的悲愤凄凉与无奈宣泄而出。

对雪

唐·杜甫（712—770）

战哭多新鬼，愁吟独老翁。
乱云低薄暮，急雪舞回风。
瓢弃尊无绿，炉存火似红。
数州消息断，愁坐正书空。

|辑评|

【元】方回《瀛奎律髓》：“他人对雪必豪饮低唱，极其乐。唯老杜不然，每极天下之忧。”

【清】浦起龙《读杜心解》：“上提伤时之意，递到雪景；下借对雪之景，兜回时事。虽似中间咏雪，隔断两头，实则中皆苦况，正是绾摄两头也。”

赏读

至德元年(756)冬，杜甫因安史之乱被困于长安，叛军势头正盛，官军连吃败仗，伤亡无数，这首诗就作于此时。诗歌书写了自己在长安的困窘生活，表达了对当前战局的忧心。

陈陶、青坂等战役中官军伤亡无数，所以诗人说“战哭多新鬼”，对那些在战场上逝去的灵魂，诗人心中满怀悲怆，仿佛能听到那些被杀戮的亡魂在战场上空号哭的声音。“老翁”是诗人自称，杜甫时年四十五，年龄未必算老，但心神实已沧桑，他独自悲吟，既为那些死去的人哀悼，也忧心当前的战局和自己的处境。

接下来两句是环境描写：薄暮时分，深厚繁乱的乌云布满天空，给人一种黑云压顶的紧迫之感，纷扬的大雪在呼啸的寒风中急速回旋舞动着。环境描写烘托出战时压抑紧迫的氛围。在这战乱的背景下，诗人生活得怎么样呢？盛酒的瓢都已经废弃好久了，里面没有一滴酒。古代酒色绿，故以“绿”来代酒。炉子还残存在那里，里面好像燃着火，其实只有冷冰冰的灰烬罢了。既无可消忧的酒，又无可以取暖的火，诗人生活的贫寒和困窘可见一斑。更让诗人忧愁苦闷的是，被安史叛军波及的州县，受到战火的牵连，没有任何消息传来。“书空”化用了《世说新语》中殷浩的典故，东晋名士殷浩，被罢官后住在扬州，终日用手指在空中书写“咄咄怪事”四字，诗人以此表现自己极度烦闷，愁苦到无以言表的心情。

至后

唐·杜甫（712—770）

冬至至后日初长，远在剑南思洛阳。
青袍白马有何意，金谷铜陀非故乡。
梅花欲开不自觉，棣萼一别永相望。
愁极本凭诗遣兴，诗成吟咏转凄凉。

|辑 评|

【清】仇兆鳌《杜诗详注》："金谷铜驼，洛阳遭乱矣。因梅花而念棣萼（兄弟），总是触物伤怀。"

赏读

广德二年（764），诗人杜甫在剑南节度使严武麾下做幕僚。冬至莅临，本该归乡团聚的时节，诗人却远在异乡，寄人篱下，谋着闲差，于是触景伤情，写诗抒发对故乡和兄弟的思念。

冬至过后，白日一天天见长，时逢岁末，外地的羁旅之人或许都赶回家乡，盼求团圆。而诗人为了生计却流落剑南，思念着洛阳，那是他青年时期行迹所在，也是结识知交李白的地方。“青袍白马”指的是闲官卑位，可见杜甫与严武虽为朋友，但在他那里也只能谋个闲差，满腔抱负仍旧无法施展。“金谷铜陀”分别指的是金谷园和铜陀街，皆为洛阳胜景。安史之乱，洛阳遭到战火的破坏。诗人思念洛阳，却又进一步想到，经受过战乱洗礼的洛阳，早已不复过去的繁华热闹，金谷铜陀就算仍在，恐怕也非往日胜景。就算诗人不在意这闲官卑位，却也是有乡不能回，沉痛唏嘘之意见显。

棣萼，常棣的花萼，最初见于《诗经·小雅·常棣》：“常棣之华，鄂不韡韡。凡今之人，莫如兄弟。”棣萼后即代指兄弟。诗人见到眼前即将开放的梅花，不禁联想已经开过的常棣之花，恐怕要隔很久才能再次见它绽放，就像那久别的兄弟，阔别已久，久到似乎永远都无法再相见。这两句采用了比兴的手法，来抒发对于兄弟的思念。想着想着，诗人心中愁苦更甚，不吐不快，于是作诗以抒发愁绪，谁知诗成之后，心中却更加凄凉了。

逢雪宿芙蓉山主人

唐·刘长卿（726？—786？）

日暮苍山远，天寒白屋贫。
柴门闻犬吠，风雪夜归人。

|辑 评|

【明】顾璘《批点唐音》:“此所谓真语真情者，清语古调。”

【明】唐汝询《唐诗解》:“此诗直赋实事，然令落魄者读之，真足凄绝千古。”

赏读

刘长卿，字文房，宣城（今属安徽）人，玄宗天宝年间进士。这首诗是诗人在芙蓉山遇雪，投宿到山中人家的所见所闻，通过生动的笔触描摹了一幅风雪夜归图。

整首诗看来，时间上经历了投宿之前和投宿之后的过渡，地点也经历了从屋外到屋内的转移。投宿之前，诗人在山中行走，深厚的积雪让他举步维艰，眼看着蔼蔼暮色降临，诗人抬头向远方望去，暮色笼罩下的连绵苍茫的群山被大雪遮掩得朦朦胧胧，渺茫得看不真切。只有不远处，有一间简陋的人家，伫立在天寒地冻之中。接下来，诗人跳过了敲门投宿的情景，直接过渡到入住之后，描写夜半所闻。已经躺在床上的诗人听到门外的犬吠之声，或许是敲门声、谈话声让诗人知道，屋子的主人穿过风雪回来了。

前两句表面是写诗人投宿途中的艰辛，其实是为了衬托村屋主人的处境。日暮时分，山中已是如此天寒地冻的景象，更何况是风雪交加的夜里。这又不免叫人进一步追问，为什么寒冬腊月还要出外奔波？“贫”便是答案。从屋主的居住情况可以看出他家的困顿，或许他就像那“心忧炭贱愿天寒”的卖炭翁一般，不得不在严寒的风雪天出外谋生。

整首诗以苍茫、渺远的意境取胜，如同一幅画卷缓缓展开。尤其是末尾“风雪夜归人”五个字将归人的艰辛、诗人的同情一并展现出来，情景交融，精练卓绝。

郭北寻徐主簿别业

唐·皎然（730—799）

近依城北住，幽远少人知。
积雪行深巷，闲云绕古篱。
竹花冬更发，橙实晚仍垂。
还共岩中鹤，今朝下渌池。

辑评

【元】辛文房《唐才子传》：“公外学超然，诗兴闲适，居第一流、第二流不过也。”

赏读

僧皎然，俗姓谢，字清昼，唐代著名诗人、茶僧。主簿为官名，徐主簿当是皎然的一位朋友。别业，即别墅之意。这首诗主要描写皎然寻访住在郊外别墅的朋友，清幽的居住环境描写，衬托出主人高洁风雅的品格。

这位徐主簿显然不是位爱热闹之人，他的别墅建在城北少为人知的地方。要穿过一条长长的巷子才能到达朋友家，而这巷子里人迹罕至，只有厚厚的积雪覆盖其上，蜿蜒绵长。诗人穿过积雪覆盖的深巷，眼前豁然开朗，不远处是一方古朴的篱笆，篱笆上方，天上几多云彩悠然飘着，好像触手可及。好一处世外桃源！诗人内心不禁作此惊叹。于是走进了看，周围青竹不仅经冬未凋，反而开起了花。都已经是岁末了，黄亮的橙子依然饱胀地垂坠在树上。这是一幅富有盎然生气的场景，为别业注入了自然的生机和活力，也衬托出屋主人生活状态的饱满和自足。本应在山岩之上的白鹤，也来到别墅旁边清澈池塘里栖居。白鹤是傲岸高洁的隐士象征，它们回来到这里，不言而喻，是因为环境清幽风雅，侧面烘托出主人的高洁风雅。

全诗对别墅的主人徐主薄未着一词，但通过对其居住环境的描写，一个高洁、清雅的形象已铭刻于心。

除夜宿石头驿

唐·戴叔伦（732？—789？）

旅馆谁相问？寒灯独可亲。
一年将尽夜，万里未归人。
寥落悲前事，支离笑此身。
愁颜与衰鬓，明日又逢春。

| 辑 评 |

【元】方回《瀛奎律髓》：“此诗全不说景，意足辞洁。”

【明】胡应麟《诗薮》：“司空曙‘乍见翻疑梦，相悲各问年’，戴叔伦‘一年将尽夜，万里未归人’，一则久别乍逢，一则客中除夜之绝唱也。”

赏读

戴叔伦，字幼公，润州金坛（今江苏金坛市）人。这首诗是写诗人除夕夜晚，孤身一人客居在外所作，表达了长期漂泊流离的孤独与无奈。

除夕之夜，本是家人团聚，围在一起吃年夜饭，共同迎接新年的美好日子。诗人却孤身一人客居在旅馆，自然不会有人对他嘘寒问暖、关怀备至，只有一盏寒灯无声地陪伴着他。茕茕孑立，形影相吊的他，默默体会人情的寥落，客居的孤独，心中不由思绪万千。旧的一年马上就要过去，而他还是远在万里之外，无法和家人团聚。想起以前的身世遭际，心中更加悲伤寂寥，念及此身流离多病，身不由己，不由苦笑。明明心中悲伤，却不哭反笑，可见悲痛到极点。可怜他容颜布满忧愁，两鬓已经呈现衰老斑白之态，到了明天却又迎来了新春。新春意味着万物复苏。而对作者而言，他的生命又无可挽回地逝去一年，意味着他又要重复新一年流离漂泊的生活。所以当他人期待着新春的生机和希望的时候，诗人却对此没有任何欢喜，一个“又”字说明诗人已经在这种流离多病、羁旅他乡的情况下迎来过很多个春天，春天的生机和希望显然没有惠及诗人，一年又一年，他在重复着孤独漂泊的命运，也在加快苍颓衰老的进程。

和张仆射塞下曲 其三

唐·卢纶（739—799）

月黑雁飞高，单于夜遁逃。
欲将轻骑逐，大雪满弓刀。

辑评

【明】李攀龙、袁宏道《唐诗训解》：“李攀龙曰：中唐音律柔弱，此独高健，得意之作。此见边威之壮，守备之整，而惜士卒寒苦也。允言语素卑弱，独此绝雄健，堪入盛唐乐府。”

【明】许学夷《诗源辨体》：“纶五言绝‘月黑雁飞高’一首，气魄皆调，中唐所无。”

赏读

卢纶，字允言，河中蒲（今山西永济）人，为“大历十才子”之一。本篇是《和张仆射塞下曲》组诗中的第三首，主要刻画了雪夜追击敌军首领的场景。

卢纶既善于全景叙事，又善于捕捉细节，这幅雪夜追敌图便是他最好的代表作。首句通过全景的方式描摹出单于夜逃的场景：月黑风高的夜晚，天上一行大雁突然向高处飞去，地表黯淡无光，一行人鬼鬼祟祟地在暗夜里仓促行进。既然是无月之夜，当然看不到大雁高飞的情况，只能是凭借听力捕捉到的，而此时本不该有大雁高飞，这就说明是人的行迹和声音惊动了它们，为后文的人物出场做了铺垫，原来是匈奴的首领单于要趁着这无星无月的黑夜，准备来个悄无声息的逃跑。敌人夜间行动，不是进攻，而是逃跑，敌弱我强的形势就显现出来了。而我军将士何等机警，立马发现了敌军的意图，马上轻装上马，准备追击匈奴首领。这是将行未行的场面，是“轻骑”而非严阵以待，表现出将士的自信，颇有一种“关羽温酒斩华雄”的英勇气概。最后一句是一个局部特写：将士们骑马欲行，纷飞的大雪洒满了将士们的弓刀。这个细节很有张力，通过雪与刀的特写渲染出一种剑拔弩张的紧张气氛。后续追击情况诗人没有交代，给人留下了无限想象的空间。而正是这个将行未行的场景更富有表现力，就像弓箭在尚未射出的那个瞬间最富有张力一样，具有摄人心魂的力量。

李端公

唐·卢纶（739—799）

故关衰草遍，离别自堪悲。
路出寒云外，人归暮雪时。
少孤为客早，多难识君迟。
掩泪空相向，风尘何处期。

|辑 评|

【清】潘德舆《养一斋诗话》："少孤句，皆字字从肺肝中流露，写情到此，乃为入骨。虽是律体，实《三百篇》、汉魏之苗裔也。"

俞陛云《诗境浅说》："诗为乱离送友，满纸皆激楚之音。前四句言岁寒送别，念征途之递迢，值暮雪之纷飞，不过以平实之笔写之。后半篇沉郁激昂，为作者之特色。"

赏读

这首诗是诗人送别友人李端公之作，诗中充溢着离愁别绪以及伶仃孤苦之感。

诗人送别朋友，是在一个衰草遍地的关隘，本来就已经悲伤不堪的离人，见到这遍地的衰败景象，定然更是销魂。送君千里，终须一别。诗人目送着朋友的背影渐行渐远，最终，那背影随着道路消失在乌压压的寒云之外，再也望不见了。纵然有千般万般留恋、不舍，诗人终究要接受朋友已经离去的事实，他紧了紧身上的衣物，一个人在苍茫暮雪中踽踽独归。这两句写送别的情景，没有“执手相看泪眼”的寸寸柔肠，也没有“劝君更尽一杯酒”的依依不舍，而是抓住了目送与独归两个场景，两人同去却一人独归，将诗人黯然销魂之态刻画得入木三分。风雪之中，诗人回顾起自己孤苦的一生，幼年时期便失去父母的温暖的庇护，多年来独自一人漂泊在外、客居他乡，他的一生多灾多难，好不容易遇到李端公这个知己，人生却已近于迟暮。上天待他，竟是从未仁慈。思及此，诗人心中不由大恸，泪水不由落了下来。男儿有泪不轻弹，果真只是未到伤心处吧。诗人不由停下脚步，擦了擦泪水，回首望向友人离去的方向，那里只有白茫茫、雾蒙蒙的一片，诗人心中哀叹：此番分别，不知尘世何日方能再见？

整首诗中，身世的凄凉和离别的哀伤交织在一起，融入这暮雪纷飞、衰草遍地的环境中，可谓情景交融，寓情于景，读来让人神伤不已。

桂州腊夜

唐·戎昱（744—800）

坐到三更尽，归仍万里赊。
雪声偏傍竹，寒梦不离家。
晓角分残漏，孤灯落碎花。
二年随骠骑，辛苦向天涯。

辑评

【明】胡震亨《唐音癸签》："戎昱之于杜甫，尤其著者。"

【明】徐献忠《唐诗品》："戎使君诗，锐情古作，力洗时波。当时作者类以质木自胜，君独远扬风力，近郁天藻，词既流美，复协声调。"

赏读

唐代宗广德至大历年间，戎昱先后在荆南卫伯玉、湖南崔瓘幕下任职，大历后期宦游到桂州，任桂管防御观察使李昌巙的幕宾。这首诗就是他到了桂州第二年所作，抒发了岁末羁旅之愁和思乡之念。

长夜漫漫，诗人一直坐到三更将尽还未入眠，在这寒冷的冬夜，诗人久坐不眠是为何呢？原来是思念和渴望回归家乡的思绪萦绕心头，不可断绝，折磨得他无法入眠。可远在万里之外的家乡，对他而言不过是近乎奢侈的念想，“仍”字写出了诗人长期漂泊在外的处境，无数次生出渴望回家的念头，但每一次都无疾而终。诗人终于上了床，尝试入眠，却听得窗外风雪欺竹的声音，飒飒作响，更添心中悲凉。好不容易睡着，梦里一切芜杂的影像都是关于家乡，“寒”字更为这短暂的归乡之梦镀上了一层悲凉之色。残夜很快消逝，诗人的乡梦也被军中嘹亮的号角打断。古代以更漏滴水来计时，残漏意味着破晓来临。一盏孤灯在床头跳跃着即将熄灭的火焰，不断落下烧焦的灯芯，梦醒时分，诗人面对的就是这样一幅孤冷凄清的场景，梦中的家乡寻不到一丝痕迹和气息，心中的失望和悲凉可想而知。最后两句由虚入实，叙说了自己近年来为了生计而奔波劳碌的经历，“骠骑”指的正是他的上司桂管防御观察使李昌巙。现实的沉重与无奈，环境的冷清和寒寂，虚实结合，梦幻与现实交织，将羁旅和思想的愁苦表现得淋漓尽致。

从军北征

唐·李益（748—829）

天山雪后海风寒，横笛遍吹行路难。
碛里征人三十万，一时回首月中看。

辑评

【清】黄生《唐诗摘钞》：“‘回首’，望乡也，却藏一‘乡’字。闻笛思乡，诗中常事，硬说三十万人一时回首，便使常意变新。”

【清】黄叔灿《唐诗笺注》：“‘碛里征人’，妙在不说着自己，而已在其中。”

赏读

李益曾亲历西北边地，对于戍边战士的生活十分熟悉，他的边塞诗闻名于世，往往通过一种艺术性的真实手法再现边塞的生活。这首诗选取了将士们北征路上的一个情景，表现了边塞环境的恶劣、将士行军的艰难以及对故乡的不舍与思念。

雪后的天山无疑是严寒入骨的，北征的将士们行军到天山，从湖海边吹来的刺骨寒风迎面扑来，叫他们寸步难行。就在将士们艰难跋涉，举步维艰的时候，不知从哪里传来了横笛的声音,吹的正是曲风悲凉《行路难》，笛声连续不断，飘落在天山的每一个角落。背井离乡，在凛冽寒风中行军的将士们，听到这诉说着世路艰险和离别悲情的《行路难》，心中怎能不为之动容呢？埋在心底的离情和乡思一时被勾起，将士们齐齐停下前进的脚步，在冷月的清辉下，一同回过头朝着故乡的方向望去。这是何等壮阔的场景，却透着令人心酸的悲凉与无奈。“三十万”无疑是个虚数，而且三十万人也不可能一起回头，诗人在这里运用了夸张的手法，但呈现出的效果不会让人觉得虚假，这是因为诗人的夸张是基于情感的真实，三十万将士心中离家去乡的愁苦是一致的，对于家乡的不舍与思念是一致的，诗人通过夸张的形式将他们的情感外现出来，反而更加真实动人。最后一句以三十万将士一同月中回首的场景作结，景中含情，余味无穷，几乎可以想到，夜色下，将士们那盛满了悲伤与苍凉月光的眼睛。

苦寒吟

唐·孟郊（751—814）

天寒色青苍，北风叫枯桑。
厚冰无裂文，短日有冷光。
敲石不得火，壮阴夺正阳。
苦调竟何言，冻吟成此章。

|辑评|

【唐】李观：“孟之诗，五言高处，在古无二，其有平处，下顾两谢。”

【宋】苏轼《祭柳子玉文》：“郊寒岛瘦。”

赏读

诗人孟郊一生困顿，生活贫寒，诗多描写民生疾苦和世态炎凉，和贾岛同为苦吟派诗人代表。这首诗是作者苦于冬日不能承受之寒而发出的悲鸣，看似写冬天的寒冷，其实更是人生的寒凉。

前四句以精练的笔触描摹出天寒地冻的环境：冷清和苍茫的天空被寒气笼罩，北风在干枯的桑树间号叫着，压迫着桑树发出一声声嘶哑的悲鸣。水面上结了厚厚的一层冰，连一丝裂纹也没有。就连贡献温暖的太阳，也在散发着幽冷的光芒。这是一幅渗透着浸骨寒意的画面，叫人读来不觉口齿打战，浑身发凉，更何况是亲身感受到这种寒冷的诗人呢？古代没有火柴、打火机这些现代取火工具，靠敲击火石来取火，可是天气竟寒冷到连打火石都生不出火了，连一点点的温暖都成奢侈。寒为阴，暑为阳，看来寒冬阴气完全侵蚀掠夺了温暖的阳气。这两句可以看出诗人过着贫寒的生活，也可以看作是诗人一生偃蹇，仕途不畅的写照。诗人的一生就像那坚硬的火石一样，怎样敲击摩擦都发不出自己应有的光芒，或许是社会的不公与黑暗掩盖了公平与正义，又或许是他命里的阴气战胜了阴气。炎凉黑暗的社会现实感受、沉沦下僚的人生遭际遇到冻骨侵皮的寒冷冬天，尽数化作诗人心中不能承受的痛苦，唯有通过对寒意的痛诉释放出来。

孟冬蒲津关河亭作

唐·吕温（771—811）

息驾非穷途，未济岂迷津。
独立大河上，北风来吹人。
雪霜自兹始，草木当更新。
严冬不肃杀，何以见阳春。

|辑 评|

【宋】陆游《夜读吕化光文章抛尽爱功名之句戏作》："玉关西望气横秋，肯信功名不自由。却是文章差得力，至今知有吕衡州。"

【明】徐献忠《唐诗品》："衡州早擅宏词，富于摛藻，《由鹿》诸赋命意修远，虽拘于时制，稍落近语，要亦升堂之客也。五言律亦多倚拔，惜其内有乏思，外有遗象，不能自振其余波耳。"

赏读

吕温，字和叔，一字化光，河中人，唐代诗人。诗人于孟冬时节，登上蒲津关河亭，临风而立，望大河淼淼，霜雪凝结，草木枯萎，却并未感到肃杀之意，而是生出一种万象更新的激情和感悟，看似写自然，实则处处饱含着人生哲理。

这是一首冬季的壮歌，也是一首极富人生哲理的诗歌。开篇是诗人在渡口河亭生发的感触：行人驾马停在这里并不意味着穷途末路，因为前方还有水路，还没有开始渡河就不要害怕迷失了方向。这两句表面是写渡口，实际上实在映射人生，诗人想要告诉我们的是：在人生的道路上，不要害怕日暮途穷，因为总会有路可走，不要害怕未知，只有大胆地去尝试才能找到属于自己的路。起句意味悠长，奠定了积极向上和乐观的基调。接下来诗人临风独立于大河之上，见到霜雪已经凝结在草木之上，草木开始枯萎脱落，但诗人并未因此觉得感伤，像很多人一般去为严冬的肃杀、生命的萧索而伤心垂泪，而是发出了足以穿透这寒冬的铿锵有力的话语：如果不经历肃杀严寒的冬天，怎么能够见到阳光温暖的春天呢？在诗人心中，只要有对于暖春的期待和信念，寒冬是不足为惧的，一切都是为了酝酿春天的到来。届时，枯萎的草木会发出新芽，开始新的生命。

冬夜即事

唐·吕温（771—811）

百忧攒心起复卧，夜长耿耿不可过。
风吹雪片似花落，月照冰文如镜破。

|辑 评|

【宋】严羽《沧浪诗话》：“冷朝阳在大历才子中为最下。马戴在晚唐诸人之上，刘沧、吕温亦胜诸人。”

【宋】晁公武《郡斋读书志》：“温从梁肃为文章，规摹左氏，藻赡精富，流辈推尚。”

赏读

这首诗算得上是诗人的失眠之作。作者心中有事，晚上辗转难眠，于是起床看风吹雪花，月照冰纹，全诗的情感并不明确，但不难感受到诗人那种失去的感伤情绪。

相信每个人都有过失眠的经历，心头有事萦绕，脑中思绪如麻，不愿去想，但偏偏止不住地思如泉涌，于是越想心越乱，越想越睡不着，诗人彼时大概就是这种处境，心中烦忧汇聚，在床上辗转反则，一会儿坐起一会儿又躺下，折腾了大半夜依然无眠，这漫漫长夜可叫他如何度过呢？到底是为何而忧，诗人没有明说，但诗人最终还是没能打败忧愁、进入酣眠，于是只好起床出户，或许想趁此消解心中的忧愁。可这次诗人真是大错特错，杜甫说：“感时花溅泪，恨别鸟惊心”，伤心人看什么都是一番伤心的光景。眼前的被风吹起的片片雪花，在诗人看来就像零落成泥的落花，徒留消逝的悲伤。清冷的月色照在剔透的冰面之上，应该也是一幅极其空灵凄美的画面，有一种慑人的哀伤之美，但诗人看到的却是月光照亮的冰面上的一条条纹路，就像镜子破裂产生的裂纹。读到这里，我们总算可以对诗人忧愁的内容知悉一二了，古代往往用“镜破”比喻夫妻或恋人分离，成语“破镜重圆”就比喻夫妻或爱人重逢。

一千多年前的那个夜晚，诗人或许是因为长期与爱人或妻子分离而愁苦不已，又或许是失恋了吧。

冬日晨兴寄乐天

唐·刘禹锡（772—842）

庭树晓禽动，郡楼残点声。
灯挑红烬落，酒暖白光生。
发少嫌梳利，颜衰恨镜明。
独吟谁应和，须寄洛阳城。

| 辑 评 |

【宋】严羽《沧浪诗话》：“大历后，刘梦得之绝句，张籍、王建之乐府，我所深取耳。”

【宋】蔡絛《蔡百衲诗评》：“刘梦得诗，典则既高，滋味亦厚。但正若巧匠矜能，不见少拙。”

【明】胡震亨《唐音癸签》：“禹锡有诗豪之目。其诗气该今古，词总平实，运用似无甚过人，却都惬人意，语语可歌，其才情之最豪者。”

赏读

刘禹锡和白居易都是中唐杰出的诗人，彼此仰慕已久，虽然在很长一段时间内未曾谋面，但一直有书信交流，后来两人于扬州相遇，此后一直彼此唱和往来。这首诗是诗人刘禹锡于一个冬日的清晨起床后，挑灯煮酒，对镜理发，发现镜中的自己苍老衰颓，沧桑之感顿生，心有戚戚，于是赋诗寄给白居易，以求相和。

清晨尚早，庭院中树上的鸟儿上蹿下跳、叽叽喳喳地唱起了晨歌。诗人或许正是被这鸟儿的鸣唱叫醒，蒙眬中听到楼中的更漏已经差不多滴完。古代是以铜壶滴漏来计时，“郡楼残点声”说明天将破晓，但依然很早。诗人起床，挑了挑蜡烛的红芯，灯烛燃烧的灰烬落下来了，放在炉上的酒也快要温好了，散发出白白的蒸汽。诗人准备洗漱一番，来到镜前开始梳发，谁知一梳便梳掉了许多头发，诗人恍觉自己的头发越来越少，竟怪去起这梳子太过不好。揽镜自照，见镜中人面容憔悴衰老，不由得恨镜子太过明亮。这两句就是所谓的无理之妙，“发少”和“颜衰”本是主观经历造成的结果，与梳子和镜子毫无关系，诗人却将这不好的结果怪罪在没有生命意识的梳子和镜子身上，可见诗人内心的沉痛无法排解，是极其无理却又合理的沉痛之语。诗人心中沉痛，但身边没有知己能够懂他的痛苦，只能独自沉吟，在这个时候，他自然而然地想到了洛阳城中白居易，两人都是仕途不畅，在朝廷中不断被打压受排挤，屡遭贬谪，刘禹锡此时心中的痛苦，怕是白居易能够产生惺惺相惜的感觉。这首诗既表达出世事沧桑、年华易老的沉痛，也表达出刘禹锡对于白乐天的信任和友谊，两个人之间就像俞伯牙和钟子期，脱略了俗气客套的迎往，而是真正的精神知己，这种友情令人神往不已。

早冬

唐 · 白居易（772—846）

十月江南天气好，可怜冬景似春华。
霜轻未杀萋萋草，日暖初干漠漠沙。
老柘叶黄如嫩树，寒樱枝白是狂花。
此时却羡闲人醉，五马无由入酒家。

| 辑 评 |

【宋】周必大《二老堂诗话》：“本朝苏文忠公不轻许可，独敬爱乐天，屡形诗篇。盖其文章皆主辞达，而忠厚好施，刚直尽言，与人有情，于物无着，大略相似。”

赏读

这首诗应该是白居易在江南任太守期间，逢着江南初入冬，看见的景物风貌跟北国肃杀的寒冬完全不一样，而是依然充满了生机和美感，诗人由衷地欣赏和喜爱，不由得勾起了风花雪月的闲情逸致。

江南和江北到底不同，江北冬天来得早，而江南十月天气依然晴好，没有万物凋零的凄然情景，反而像春天的风光一样可爱。这是作者对江南初冬的整体感觉和评价。不信，你看那草地上只落了层薄霜，丝毫没有冻馁之忧，依然长得茂密旺盛。温暖的太阳洒在沙滩上，刚刚将上面的水汽蒸干。老柘树的叶子已经发黄了，那颜色却鲜亮，就像春天刚刚冒出的嫩芽一样。本不该在这个季节绽放的寒樱，结出了雪白的花骨朵，真是疏狂不羁的花呢！看着看着，这别有风味的江南冬景勾起了诗人游玩、观赏的闲情逸致，他多想像那路边的闲人一样，畅快地痛饮一场，醉了便沿着街道，细细观赏这冬日美景。可惜，身为朝廷命官，公务繁忙，他连入酒家醉一场的空闲都没有。五马，即太守的代称，汉时太守用五匹马架车。羡慕和遗憾的语气中，透出作者对闲适恬淡生活的向往。

多数诗人写冬景，往往写它的寒冷萧索，诗人却不同，他抓住江南初冬的不同，为我们呈现出一幅颇有生机、温暖娴美的冬日景象，颇具个性与特色。

邯郸冬至夜思家

唐·白居易（772—846）

邯郸驿里逢冬至，抱膝灯前影伴身。
想得家中夜深坐，还应说着远行人。

|辑评|

【宋】范希文《对床夜语》：“白乐天‘想得家中夜深坐，还应说着远行人’，语颇直，不如王建‘家中见月望我归，正是道上思家时’有曲折之意。”

赏读

时逢冬至，阖家团聚的佳节，诗人却宦游在外，寄住在邯郸的驿站，孤独寂寞中勾起了思乡之情，于是作下此诗。全诗语言质朴，情感诚挚。

冬至是中国传统文化中比较重要的节日，这一天家人团聚、更换新衣、置办饮食、祭祀先祖，但诗人却是在邯郸驿站迎接这个节日的到来，离别和孤独的基调由此奠定。他一个人在驿站里孤苦伶仃，抱膝坐着灯下，只有自己的影子相伴。这句和李白的“花间一壶酒，独酌无相亲。举杯邀明月，对影成三人”有异曲同工之妙，都是通过只有影子陪伴来衬托出自己的孑然一人、孤独寂寞。其中，“抱膝”二字尤为传神，将诗人那种孤独落寞、百无聊赖的清寂神态显露无遗。“灯前”说明已入夜，可见诗人独坐时间之久。深夜独坐无眠，作者一定是心有所思。思的是什么呢？本该团聚的时节，思念的当然是家乡的亲人。但作者接下来没按套路出牌，不直接抒发自己对于家乡和亲人的思念，而是镜头一转，对向了家人，设想家人此时思念自己的情况：他们应该也是坐到深夜，在谈论着我这个远行之人。那谈论中应该有叹息、有思念、有哀怜。这种通过为对方设想的方式来寄托自己的感情的写法，在古诗词中很是常见，一方面，比起直抒胸臆，多了一种婉转曲折的情志，另一方面，双向的情感空间的展现，加深了离别的痛苦，以及思念的深度和广度。

问刘十九

唐·白居易（772—846）

绿蚁新醅酒，红泥小火炉。
晚来天欲雪，能饮一杯无？

| 辑 评 |

【清】黄周星《唐诗快》：“岂非天下第一快活人。”

俞陛云《诗境浅说续编》：“寻常之事，人人意中所有，而笔不能达者，得生花江管写之，便成绝唱，此等诗是也。末句之‘无’字，妙作问语，千载下如闻声口也。”

赏读

冬日渐晚，诗人拿出酿好的酒，酒面泛起酒糟，色泽微绿，状细如蚁。想必诗人此时定然忍不住闭上眼，凑近酒坛深深吸上一口酒气，一阵醇厚的酒香令人醺醺然欲醉。严寒的天气，室内却温暖如春，因了那红泥铸成的炉子里跳跃着温暖的火焰。备好新酒、烧好炭火，诗人意欲何为？在这样寒冷的傍晚，还有什么比同知己围炉煮酒、畅谈人生更加惬意和幸福的事呢？于是诗人铺开信笺，提笔给朋友刘十九写了一封邀请函：我已备好新酒，屋子里炉火正盛，暮色凝寒，眼看着要有一场纷然大雪，你我何不一起畅饮一杯？不难想见，刘十九看到邀请诗时会心一笑、眉眼舒展的表情，作为白居易的知己，他定然不会拒绝这温暖和情意的诱惑，欣然前往。全诗明白如话，尤其是最后两句问语，几近口语，却自有一番醇厚和绵长的韵味。

室内的新酒和炉火从正面衬托出诗人对于生活的热爱、对于友人的情意，室外欲雪的寒凉天气则从反面衬托出室内的温暖，以及诗人那颗厚待朋友的真心。诗句简短，却给人留下无限想象和回味的空间：寒夜来临，室外下起大雪，室内温暖如春，诗人和朋友围炉煮酒，把酒言欢，笑声不断……

夜雪

唐·白居易（772—846）

已讶衾枕冷，复见窗户明。
夜深知雪重，时闻折竹声。

赏读

这首诗是白居易任江州司马期间所作，描摹了一次半夜感受到一场大雪降临的经历，巧妙之处在于整首诗没有对雪景的直观描写，而是通过感觉、听觉等方式侧面烘托出夜雪的来临。

夜半时分，诗人想必已经睡熟，却被突如其来的寒意叫醒，睁开眼睛发现窗户透进明亮的白光，竟好似天亮一般。这两句是通过感觉和视觉来写夜雪，诗人没有出户，自然不知已经下雪，而最直观的感受就是这场夜雪给他带来的寒意和亮光，想必此时诗人心中已经有了定夺：之所以会这么冷这么亮，想必是外面下雪了吧。夜更深了，诗人想必没有睡着，因为他听见了大雪的声音。都说雪落无声，大雪的声音也可以被听见吗？诗人用自己的亲身经历告诉我们，确实可以。不信你听，那不时传来的竹子折断的声音，可见此时的雪已经下的深厚了。和以往多通过“看”来描写雪景不同，诗人另辟蹊径，通过“听”来描摹雪景，虽然巧妙却自然而然、承接顺畅，丝毫不显刻意，而且给人留下了无限的想象空间：倘若那开门，那该是怎样一幅莹白皓洁的天地？竹林间形成一片半白半青之势，苍翠的绿竹面临着身上厚雪的积压，差不多缴械投降，曲成一片婀娜的姿态。

整首诗层层深入，语言明白晓畅，情致却曲折婉转，耐人寻味。

冬日平泉路晚归

唐·白居易（772—846）

山路难行日易斜，烟村霜树欲栖鸦。
夜归不到应闲事，热饮三杯即是家。

辑评

【清】刘熙载《艺概》：“常语易，奇语难，此诗之初关也；奇语易，常语难，此诗之重关也。香山用常得奇，此境良非易到。”

赏读

冬日的某个傍晚，诗人从平泉路晚归，山路崎岖难行，眼看夜里赶不回家，诗人偶遇了一方山村，准备投宿。这首诗记录了诗人这次晚归的经历和心路历程。

在薄暮时分，诗人沿着山路往回家走。山路崎岖不平，行走艰难，而山头的太阳眼看着就要落下去了，回家的路似乎却没有尽头。诗人此刻心中无疑是焦急忧虑的，但“山重水复疑无路，柳暗花明又一村”，诗人走着走着，眼前突然出现一处村落，被蔼蔼的暮烟笼罩着，诗人心中顿时大喜过望，焦急的心也平静了下来。村落边，上了霜的树林间，一只只乌鸦飞落，准备好在林间过夜了。这些乌鸦象征着诗人此时的心境，诗人心想连鸟儿都找到了落脚宿夜的地方，我呢，不如也就在这方山村借宿一晚吧。如果说在看到山村时，诗人心里经历了从焦急到松一口气的转变，那此时决定投宿的诗人便是完全释然了。他不再执着于连夜赶回住处，而是打算随遇而安。对他来说，夜晚回不到家也是稀松平常之事，只要能有个人情温暖的住处，在这寒冷的冬夜，能够让他喝上几杯热饮，不就是等同于家一样的存在吗？侧面写出了诗人赶路的艰辛，想来已然是饥寒交迫了，想必诗人接下来，应该要像苏轼一样“敲门试问野人家”了。最后两句，看似豁达洒脱，其实更多的是宦游在外的辛酸，只有长期不着家，没有家人陪伴的人，才会觉得“热饮三杯”已经足够称得上家了吧。

江雪

唐·柳宗元（773—819）

千山鸟飞绝，万径人踪灭。
孤舟蓑笠翁，独钓寒江雪。

辑评

【明】高棅《唐诗品汇》："刘须溪云：得天趣，独由落句五字道尽矣。"

【明】桂天祥《批点唐诗正声》："绝唱，雪景如在目前。"

赏读

这首诗大约是诗人谪居永州时所作。柳宗元参加以王叔文为首的政治革新运动，因受到保守势力的阻挠而失败，被贬永州司马，既没有实权，也没有自由，诗人心中苦闷压抑，唯有借诗歌来展怀。此诗就通过塑造一位孤高清绝的渔翁形象，传达出诗人内心的孤独与寂寞，寄托了清高孤傲、不与世俗同流合污的情操与志向。

用王维的“诗中有画，画中有诗”来形容这首诗是恰到好处的，整首诗非常富有画面感，读来就像观赏一部微电影，精美的一幕幕影像在眼前展开：浩荡的天地之间，群山静默耸立，不闻鸟声，不见鸟迹，没有一丝生命和热闹的气息。昔日里，人所经行的众多路径，竟是一丝人的踪影都不见，天地间充满了寂静。而在这寂静到足以与“天地玄黄、宇宙洪荒”的远古相媲美的世界里，却有一位渔翁，在大雪纷纷坠落的江面上，披着蓑衣戴着斗笠，泛着一艘小船，独自垂钓，一动不动，仿佛与那静谧的天地、皓白的雪色融为一体。精绝的二十个字，营造出一种苍茫、寥廓、清寂、孤独的境界，而“绝”“灭”“孤”“独”四个字更是将这种天地寂灭、渔翁孤绝的意境渲染得淋漓尽致。表面是写渔翁，实际上是诗人精神境界的真实外现。诗人的内心就像这苍茫覆盖下的清寂世界，孤独清冷，却又不愿抱团取暖，而是像那江面独钓的渔翁一般，坚持着自己的姿态与格调，遗世独立，独与天地精神往来。

冬夜送人

唐·贾岛（779—843）

平明走马上村桥，花落梅溪雪未消。
日短天寒愁送客，楚山无限路迢迢。

辑评

【唐】苏绛《贾司仓墓志铭》："所著文篇，不以新奇绮靡为意，淡然踢陶谢之踪，片云独鹤，高步尘表。"

【唐】皎然《诗式》："取境之时，须至难、至险，始见奇句。成篇之后，观其气貌，有似等闲，不思而得，此高手也。"

赏读

这首诗是在一个天色未明的冬日早晨，诗人为朋友送别而作，表达了对朋友的不舍，以及对路途遥远、天寒地冻的担忧，不禁让人感受到友谊的诚挚与可贵。

冬天的早晨来得特别晚，天还未亮，诗人去为朋友送行，两个人骑着马走上了村口的小桥。可见诗人跟朋友情谊深厚，如此寒冷的凌晨，他毫无怨言地陪朋友上路。前几日刚下了一场大雪，地上的积雪尚未消融，溪边经冬的梅花落了几瓣，随水流而去。天气的严寒程度不言而喻。这两句营造了一种凄清寒冷的离别氛围。后两句诗人直抒胸臆，径直表达出自己的离愁别绪：在这个黎明送别，我真是为朋友忧愁不已啊！诗人一愁与朋友的分离；二愁冬日里天短夜长，天气严寒，不好赶路；三愁山路漫漫，不知何时才能到达，在这严冬的天气，恐怕举步维艰。诗人为朋友发自内心的担忧溢于言表，叫人忍不住心中一暖。“楚山无限路迢迢”和柳永送别词《雨霖铃》中“念去去、千里烟波、暮霭沉沉楚天阔”在情感和意境上有异曲同工之妙，都是通过提前对友人未来的思考来表达对友人的关怀。只有真正在乎和关心一个人，才会去为他的未来担忧，感情十分诚挚。前两句主要写景，后两句言情，情景交融，寓情于景，将离别的哀愁、诗人的对朋友真切的关心都表现了出来。

雪晴晚望

唐·贾岛（779—843）

倚杖望晴雪，溪云几万重。
樵人归白屋，寒日下危峰。
野火烧冈草，断烟生石松。
却回山寺路，闻打暮天钟。

| 辑 评 |

【元】方回《瀛奎律髓》："晚唐诗多先锻景联、颔联，乃成首尾以足之。此作似乎一句唱起，直说至底者。"

【清】范大士《历代诗发》："通首俱切，结更佳。"

赏读

贾岛家境贫寒，早年曾出家为僧，后还俗，屡举进士不第。失意之余，迫于生计，只好栖身寺庙。这首诗大概是居于寺庙时所作，描写了一场大雪初晴后，山中的景色，整首诗重在写景，情感并不明显外露，但从冷峭寒寂的诗境可以对诗人此时的心境略窥一二。

“倚杖”说明诗人年迈而体弱。大雪初霁，诗人拄着拐杖在山中四处瞭望，只见山溪上空的白云层层叠叠，仿佛鱼鳞般千千万万重。诗人的视线接着下移，见山中有一樵夫，背着木柴，步履蹒跚，沿着山中小道，回到自己被白雪覆盖的简陋房屋，他身后的一轮寒日也渐渐下行，逐渐隐没在高高的山峦之后。这两句勾勒出一幅日暮归樵图，透出一种苍凉冷寂的悲感。这时，一处烟火吸引了诗人的视线，只见山岗上野火在燃烧着枯草，升起的烟雾被风吹断，就在这烟雾中，一棵棵青松巍然伫立在岩石之上。这幅景象给诗人悲怆的心一丝安慰，他不就像这冈草，虽经烈火烧灼，却永烧不灭，他也像那青松，历严寒而不凋。不论境遇如何困苦艰难，他依然活着，而且保留着坚韧清高的品格，未忘初心。想到这里，诗人心中渐渐平定，他回首慢慢朝山口寺庙走去，只听山中传来一记暮钟的清响，那声音铿锵有力地撞击在诗人心头，仿佛在召唤着他的灵魂，和他此时坚定清醒的心志不谋而合。最后一句以钟声作结，余音袅袅，韵味悠长。

北中寒

唐·李贺（790？—817？）

一方黑照三方紫，黄河冰合鱼龙死。
三尺木皮断文理，百石强车上河水。
霜花草上大如钱，挥刀不入迷濛天。
争瀯海水飞凌喧，山瀑无声玉虹悬。

| 辑 评 |

【明】胡震亨《唐音癸签》："换'冰'字作'水'，寒意自跃。此用字之最有意者。"

【明】曾益《昌谷集》："北中阴寒，若河、若野、若海、若山，皆冻而凝结。"

赏读

诗人李贺被称为“诗鬼”，诗歌以神奇瑰丽的想象著称，这首《北中寒》也不例外。诗人通过魔幻现实主义的手法，构建了一方被黑暗精灵统治的冰雪王国，突出了北方天气酷寒这一主题。

“一方黑照三方紫”是指北中天色晦暗，照得其他三方都呈现出微微的紫色。首句气势大开，从宏阔的角度渲染了北方被巨大的寒气笼罩的氛围。接下来都是被严寒统治后北方世界发生的一系列变化：黄河之上，喧腾的水流被寸寸冻结成冰，往日灵动活跃的水下鱼龙，被冻成一条条僵硬的尸体，漂浮在寒冰之下。这是一种俯视呈现的角度，想象一下从空中眺望，万里冰封之下漂着一条条冻死的鱼尸，这是何等壮观的场景。厚逾三尺的树皮被冻裂了纹理，河边都结了厚厚的冰，载重百石的车马在河面上自如地行进。诗人用“河水”而非“河冰”更能形成一种魔幻和超现实的效果。陌上草丛中结的霜花大的像铜钱，浓重的雾气弥漫天地间，连刀刃都插不进去。极其富有想象力的夸张让北方被寒气笼罩的氛围更加强烈。最后以一组景象的对比作结：海水裹挟着一块块浮冰喧闹呼啸着飞腾而去，山川间本该声势浩大的瀑布却被冻结成一帘帘冰瀑，寂静无声地悬挂着。一动一静，完美地诠释了什么叫冰冻三尺。这样壮阔无边的冰天寒地，怎不让人望而生畏，心惊胆战呢？

马诗二十三首 其二

唐·李贺（790？—817？）

腊月草根甜，天街雪似盐。
未知口硬软，先拟蒺藜衔。

辑评

【明】王夫之《唐诗评选》："长吉于讽刺，直以声情动今古"，"真与供奉（李白）为敌。"

【清】毛先舒《诗辨坻》："大历以后，解乐府遗法者，惟李贺一人。设色浓妙，而词旨多寓篇外。刻于撰语，浑于用意。"

赏读

《马诗》是诗人李贺创作的一组绝句，共二十三首诗，主要是借物抒怀，通过咏马来抒发自己怀才不遇、远大抱负无法施展的命运慨叹。这是组诗的第二首，描写了冬天马儿饥不择食的情状。

寒冬腊月，天寒地冻，草木凋零，对于马儿来说，可能只有尚属甘甜的草根，聊可作为充饥的食物。可“屋漏偏逢连夜雨”，天上洒起了纷飞如盐的雪花，将地上的草根覆盖得一干二净，马儿这下觅食更是难上加难。饥饿难耐的马儿在雪地里寻觅着可以充饥的食物，不论碰到的草木是硬是软，都要先当作蒺藜衔在口中咀嚼一番，即便刺痛了口腔也在所不惜。诗中描写了一匹走投无路、饥不择食的马儿。可以想见，这匹马肯定不是被人精心豢养的马匹，不然不会冰天雪地在野地觅食，它有可能是一匹野马，也有可能是一匹被人遗弃的老马。李贺的马诗都是借题抒意，虽言马而意不在马。一组《马诗》，或美，或讥，或悲，或惜，都是有所隐喻和寄托的，这首诗也不例外。诗人李贺短暂的一生是一出活生生的悲剧，明明才气纵横、年少成名、志向远大，却因为避父讳被取消了科举考试的资格，仕途失意，一生郁郁不得志，又加上贫病的折磨，二十七岁便与世长辞。这首诗就像是诗人后期心境的真实写照，前两句隐喻着恶劣的社会和政治环境，后两句抒发了诗人穷途末路、困窘不堪的悲苦境遇。

出塞词

唐·马戴（799—869）

金带连环束战袍，马头冲雪度临洮。
卷旗夜劫单于帐，乱斫胡儿缺宝刀。

辑评

【宋】严羽《沧浪诗话》：“马戴在晚唐诸人之上。”

【明】王世贞《艺苑卮言》：“晚唐的‘铁中铮铮者’。”

赏读

唐代西北少数民族对边地的侵扰不断，汉军与胡人的交战时有发生。这首诗就作于这样的背景之下，全诗短短二十八个字，生动完整地叙述了一次汉军雪夜突袭胡军的过程，宛如一场精心导演的战斗片，节奏紧凑，扣人心弦。

首句是出行之前的准备工作，诗人选取了将士们穿上战袍这一细节来集中表现，“金带连环”渲染出战袍装饰的精美，同时也呈现出铁甲铮铮、意气风发的将士形象。“马头冲雪度临洮”描摹的是战士们行军途中的场景，他们骑着高头大马，冒着风雪，经过临洮，冲向敌军的阵营。“冲”字用得极好，既写出了当时风狂雪暴的恶劣环境，更加衬托出将士们勇敢无畏、一往直前的气概和决心。到达战场后，将士们悄悄潜入敌营，展开战斗，“卷旗”二字十分精要，因为是雪夜突袭，风声呼啸，所以将战旗卷起，避免发出声响打草惊蛇，“单于”是匈奴的最高首领，擒贼先擒王，可见将士们不仅有勇而且有谋。最后一句刻画了两军厮杀的场景，“乱斫胡儿”明显是我军占领了上风，表现出沉睡中遭到突袭的敌人猝不及防的情状。持续战斗中，将士们的宝刀都为此磨损，产生了缺口，一个“缺”字将战斗的激烈和持久尽皆表现出来，全诗就停在最后战斗的画面，可谓惊心动魄，令人心有余悸，诗人并没有为这场战斗画上胜利的句号，不过胜负已是昭然若揭，给人留下想象的空间和余味。

初冬夜饮

唐·杜牧（803—852？）

淮阳多病偶求欢，客袖侵霜与烛盘。
砌下梨花一堆雪，明年谁此凭阑干。

| 辑 评 |

俞陛云《诗境浅说续编》："淮南雷夜，小饮一杯，聊遣客中情况，玉砌飞花，哲娱此夕。明岁之倚栏吟赏者，知属何人？杜少陵诗：'明年此会知谁健？醉把茱萸子细看。'张梦晋诗：'高楼明月清歌夜，此是生平第几回？'明知胜会不常，未免有情难遣。"

赏 读

这首诗写诗人在一个初冬的寒夜独自饮酒，雪中凭阑的场景，抒发了人世沧桑、人生惨淡的悲凉况味。

淮阳，指的是东汉名臣汲黯。汲黯因为性情刚直，屡次进谏，多次被外放。出任东海太守时，体弱多病，卧阁内不出，但依然将东海治理得不错。后来又拜为淮阳太守，他流着泪对汉武帝说："臣尝有狗马之心，今病，力不能任郡事。"请求留在京城为君效力，未允，后死于淮阳。杜牧一生也因为直言进谏而多次被流放，诗人在这个初冬的夜晚，想起了与自己身世遭际相同的汲黯，两人都是体弱多病，怀才不遇，心有抱负却不得施展。所有这些都郁结在诗人心中，沉痛不已，诗人于是借酒消愁，想浇一浇胸中块垒。"求欢"指的是饮酒之事，"偶求欢"说明诗人不常饮酒，而且欢愉的时刻甚少。诗人对着一盏孤烛，举起沾满风尘、饱经风霜的衣袖，一杯又一杯，自斟自酌。结果自然是举杯消愁愁更愁，诗人只好长叹一声，放下酒杯，来到门外，凭栏而望，只见外面白雪纷飞，台阶下积了一层雪，宛如堆叠的梨花瓣。客居他乡、体弱多病、怀才不遇，诗人心中已是沉痛难忍，哪里还能承受这大雪纷飞的苍茫夜色呢？无非是痛上加痛，悲上加悲。于是，诗人心中近乎绝望和认命了：明年我又将身在何处，像今天一样凭栏而立呢？真正让人绝望的不是绝望本身，而是毫无希望罢。

独酌

唐·杜牧（803—852？）

窗外正风雪，拥炉开酒缸。
何如钓船雨，篷底睡秋江。

|辑 评|

【明】杨慎《升庵诗话》："律诗至晚唐，李义山而下，惟杜牧之为最。宋人评其诗豪而艳，宕而丽，于律诗中特寓拗峭，以矫时弊。"

【清】赵翼《欧北诗话》："自中唐以后，律诗盛行，竞讲声病，故多音节和谐，风调圆美。杜牧之恐流于弱，特创豪宕波峭一派，以力矫其弊。山谷因之，亦务为峭拔，不肯随俗为波靡，此其一生命意所在也。"

赏 读

杜牧生在晚唐，大唐的盛世繁华逐渐凋零，见惯了社会的动荡和黑暗，他的诗歌多忧国忧民的情怀和伤春伤别的绮丽情思。但这首诗代表了杜牧的另一种晴朗的风格，没有过多伤怀和滞重的情绪，通过“独酌”这一情景，展示出一个恣意洒脱的诗人，以及他充满诗情画意的生活姿态。

凛凛寒冬，窗外风雪恣肆，诗人独自一人围着火炉，打开了酒缸准备畅饮一番。诗人打开的不是“酒壶”“酒坛”，而是“酒缸”，何等的豪气和大气，不禁让人思及那些“大块吃肉，大碗喝酒”的英雄好汉，看来诗人是准备酣畅淋漓痛饮一场。与酒会宴席上觥筹交错、推杯举展地拼酒力不同，诗人的拥缸独酌显得更加豪气干云，风流无限，估计“诗仙”李白看到这一幕，定然会忍不住将杜牧引为知己，加入酒局，边酒边歌“我爱杜夫子，风流天下闻”了。诗人雪中拥炉独酌是极为风雅享受之事，更何况白居易也认为“绿蚁新醅酒，红泥小火炉”是一桩妙极的事，可诗人杜牧对此却不甚满意。围着炉，喝着酒，他的心思却跑到了别处，在他幽远的思绪里，澄明如镜的水面上泛着一艘钓鱼船，他就随意地睡在这艘小船里，身边放着一支鱼竿，身下睡着的是碧波万顷，耳边传来的是秋雨潺潺。此等人间画境，世外桃源，难怪诗人说围炉喝酒都比不上了。

幽居冬暮

唐·李商隐（813？—858？）

羽翼摧残日，郊园寂寞时。
晓鸡惊树雪，寒鹜守冰池。
急景忽云暮，颓年浸已衰。
如何匡国分，不与夙心期。

辑评

【清】姚培谦《李义山诗集笺注》："姚培谦曰：急景颓年，致身料已无分，然夙志未尝忘也。"

【清】程梦星《重订李义山诗集笺注》："程梦星曰：此乃大中末废罢居郑州时。起句曰'羽翼摧残日'，又曰'颓年寖已衰'，情语显然。"

赏读

唐宣宗大中十二年（858），李商隐罢盐铁推官后，幽居郑州，时逢寒冬的傍晚，诗人回想起自己一生仕途偃蹇，生活困顿，如今又老迈颓唐，空有一腔报国之志，却总是事与愿违，于是作此诗以抒怀，语极沉痛悲凉。

首句以飞鸟自比，被摧折了羽翼的飞鸟失去了腾空飞翔的机会，就如同被小人谗害、罢官闲居的自己失去为国效力的机会，只能百无聊赖地幽居于一方寂寞之地。下面两句仍是以“晓鸡”和“寒鹜”来自况，公鸡破晓鸣于树巅，那嘹亮的叫声惊落了树上的积雪，池塘里结了冰，但寒鸭依然固执地守在池边，想要遨游水中，而自己就像那晓鸡和寒鹜一般，即使环境恶劣、举步维艰，却依然不改为国效力、一展宏图的志向。可不仅事与愿违，而且时与愿违。诗人要面对的不仅仅是政治环境的险恶，还有年华逝去的无力。“急景”，指快速逝去的时光，“浸”，渐渐地。环境险恶，无处施展抱负是第一层悲哀，又加上老迈颓唐，没有太多时日施展抱负更是哀上加哀。沉痛到极处，诗人不吐不快：为什么我有一腔报效国家的志向，却总是事与愿违？

悼伤后赴东蜀辟至散关遇雪

唐·李商隐（813？—858？）

剑外从军远，无家与寄衣。
散关三尺雪，回梦旧鸳机。

|辑 评|

【清】朱鹤龄、沈厚塽《李义山诗集辑评》：“纪昀曰：盛唐余响。‘回梦旧鸳机’，犹作有家想也。‘可怜无定河边骨，犹是春闺梦里人’，是此诗对面。”

【清】王士禛《唐人万首绝句选评》：“此悼亡诗也。情深语婉，意味不尽，义山五绝中压卷之作。”

赏读

唐宣宗大中五年（851），李商隐的妻子王氏突然病逝，这令他悲痛欲绝。这年冬天，他应柳仲郢征召，赶赴东蜀。悲痛的心情尚未平定，就要离开家乡谋求生计，心中的凄苦可想而知，又适逢途中遭遇一场大雪，天寒地冻，旅客衣单，他想起以前为他缝衣寄衣的王氏，悲难自抑，于是写下了这首诗。

诗人被柳仲郢辟为节度使判官，千里迢迢奔赴剑阁以南的蜀中地区，路途遥远和辛苦自不必说。而在这寒风肆虐的隆冬时节，再也没有家人会给他寄来御寒的衣物，因为那个将他的冷暖挂于心上的人已经不在了。时间最令人悲伤的，莫过于生离死别，可生离毕竟还有着相聚的希望，而死别，便是彻头彻尾地绝望了。行至散关，一场大雪不期而遇，积雪深厚难行，或许诗人夜晚就宿在某家驿站，梦里，他仿佛又回到了和妻子在一起的旧时光，妻子在织机前忙碌着，正为他赶制着寒衣。这不仅让人想起了苏轼的《江城子》中那句“夜来幽梦忽还乡，小轩窗，正梳妆”，跟诗人这句“回梦旧鸳机”可谓是异曲同声。日有所思，夜有所梦，对于一往情深的人而言，只有在梦里看一眼所爱之人的音容笑貌，才能稍稍抚慰自己千疮百孔的心吧，也只有在午夜梦回，佳人犹在的时刻，才能避开这人世的孤独与凄怆。但总有梦醒时分，梦里多么美好，醒来的那一刻失落和痛苦就会更加尖锐。苏轼梦醒后，等着他的是“千里孤坟，无处话凄凉”，李商隐又何尝不是呢？

忆住一师

唐·李商隐（813？—858？）

无事经年别远公，帝城钟晓忆西峰。
炉烟消尽寒灯晦，童子开门雪满松。

|辑 评|

【清】田兰芳："不近不远，得意未可言尽。"

【清】田玉（香泉）："（后二句）只写所住之境清绝如此，其人益可思矣。相忆之情，言外缥缈。"

【清】朱鹤龄、沈厚塽《李义山诗集辑评》："纪昀曰：格韵俱高。"

| 赏 读 |

这是一首怀念友人之作。

“远公”是东晋庐山东林寺高僧惠选，他是净土宗的初祖，在这里诗人用来代指自己的僧友住一法师，既暗示出友人并非平庸之辈，而是德高望重的高僧，也传达出对友人的倾慕之情。首句言明两人无端久别的现实，说是无端，其实不过是人生有太多的无可奈何罢了，世事的沧桑尽在不言中。唐代京城长安有一大特色，每日清晨时分，宫中和各大佛寺的钟声一齐长鸣，声彻全城。听到钟声的诗人自然而然地想起了朋友住一法师，想起了两人曾经在西峰佛寺相伴悟道的时光。最后两句是诗人回忆两个人曾经相处的美好场景：炉子的烟已经彻底消散，桌上的晦暗灯火也即将熄灭，两个人共处一室，将时间都忘到脑后，直到童子过来打开门，只见门外的青松被大雪覆盖，天地一片皓白，两人才惊觉天光已破晓，屋外落雪两人都浑然不觉。诗人和僧友在做什么呢？或许是在彻夜探讨佛理，又或许是在下棋，也有可能只是围炉煮茶，诗人没有明说，因为跟志同道合的朋友在一起，无论做什么都是欣然忘我的吧。也有可能诗人记不太清当时两人在做什么——因为两人或许有很多次彻夜共处的时刻，但当时所处的环境，忘却时空，只余的感觉却镌刻在诗人的记忆深处，永世难忘。

冬暮野寺

唐·任翻（？—846）

江东寒近腊，野寺水天昏。
无酒可销夜，随僧早闭门。
照墙灯影短，著瓦雪声繁。
飘泊仍千里，清吟欲断魂。

| 辑 评 |

【宋】刘克庄《后村诗话》："唐任翻诗，存者无言十首而已，然多佳句。"

【唐】张为《诗人主客图》："清奇雅正主：李益……升堂七人：方干、马戴、任翻、贾岛、厉玄、项斯、薛寿。"

【清】李怀民《重订中晚唐诗主客图》："张洎称翻为水部门人……其用笔颇生峭，微近阆仙（潘阆），然细玩其风韵，自是水部一派。"

赏读

任翻，唐末诗人。任翻出身贫寒，曾经步行到京城去考进士，结果落第而归，从此他放浪江湖，吟诗弹琴自娱。一个冬日里的傍晚，诗人寄宿在野外的庙宇当中，百无聊赖，形单影只，长期漂泊和羁旅的厌倦和孤独感袭上心头，于是吟诗以抒怀。

首句点明时间和地点。江南寒冬腊月时节，诗人寄宿在野外的寺庙中，寺庙临水，暮色中，水色和天色交融，昏蒙蒙的一片。凄凉苍茫的景色奠定了悲凉的情感基调。中间两联写诗人在寺庙中的孤独状态。年关将近，诗人独自一人漂泊在外，心中苦闷自不必说，本想借助酒精的力量麻痹自己，以度过这满满凄冷长夜，可寺庙处在野外，竟无酒可饮。都说借酒浇愁，倘若连酒都没有，那心中的愁苦真是更上一层。没有办法，诗人只好随着僧人一起，早早地关门入室。这两句透出诗人生活的无聊与心境的萧索。僧人心无杂念，或许早早入睡，可诗人躺在床上却久久难以成眠，眼看着映照在墙壁上的烛影越来越短，耳听着屋顶瓦片上的落雪声越来越繁密，时间一分一秒地流逝，诗人却毫无睡意，心中孤独、苦闷、悲伤的风雪交织着，呼啸着，狂暴地想要找个出口蜂拥而出，不觉吟咏成章，却觉得魂断神销。最后一句直抒胸臆，将漂泊在外的愁绪上升到极点。

冬柳

唐·陆龟蒙（？—881）

柳汀斜对野人窗，零落衰条傍晓江。
正是霜风飘断处，寒鸥惊起一双双。

辑评

【清】黄叔灿《唐诗笺注》:“鲁望诗最多，时有佳句，而率笔亦甚，晚唐习气如此。”

赏读

陆龟蒙，字鲁望，自号江湖散人、甫里先生，又号天随子，苏州姑苏（今江苏省苏州市）人。这首诗写出了冬日里柳树的枯萎凋零之态。

或许是冬日里的某一天，诗人透过窗户看到了斜对面岸边的一排柳树，它们的叶子已经完全脱落，绿意和水分也已经被榨干，只有干枯的柳枝垂落在清晨的江面上。突然一阵寒风凄紧，彻底扼断了柳条命运的咽喉，干枯的柳条随风坠落在江面之上，惊起了寒风冷水中的一双双鸥鹭。前两句从柳树的静态入手，突出柳树的干枯凋零之态，后两句从动态着眼，描写柳树随风而逝，突出枯柳的脆弱和衰竭，动静结合，惟妙惟肖。对于柳树的描写，我们耳熟能详的是贺知章的那首《咏柳》："碧玉妆成一树高，万条垂下绿丝绦。不知细叶谁裁出，二月春风似剪刀。"何等生机勃勃、绿意盎然，陆龟蒙这首诗对于冬天柳树的描摹却恰恰相反，枯萎凋零，生机泯灭，可以看作是贺知章诗中的垂柳在经历了冬天的严寒之后，走到了生命的尽头。诗人全篇写柳，似乎并未有明显的感情投入，但一切景语皆情语，这首诗的情感具有开放性，它或许会让我们想到命运的浮沉，或许是生命的短暂，总之，仁者见仁，智者见智。

湘口送友人

唐·李频（？—876）

中流欲暮见湘烟，苇岸无穷接楚田。
去雁远冲云梦雪，离人独上洞庭船。
风波尽日依山转，星汉通霄向水连。
零落梅花过残腊，故园归醉及新年。

|辑 评|

【明】周珽《唐诗选脉会通评林》："周弼列为四虚体。徐用吾曰：清新可爱，次联尽有意思。吴山民曰：起直景，第四句'独上'有情。唐汝询曰：'离人独上'语稍佳，恨援'去雁'作对。"

【清】周咏棠《唐贤小三昧集续集》："飘然欲仙，只此一语便是妙绝（首句下）。"

| 赏读 |

李频，字德新，睦州寿昌(今浙江省寿昌县)人，有《建州刺史集》(又称《梨岳集》)。这是一首送别之作，岁末之际，诗人在湘江渡口送友人归乡，于是写了这首诗。整首诗有七句都在写景，没有直接流露感情，但离别的愁绪都融入了景物之中。

首两句写诗人送朋友到渡口，岸边眺望江面所见：日暮时分，江面上笼罩着霭霭的烟雾，江岸上的芦苇荡茫茫一片，一直蔓延到远处的田野。因为春秋战国时期，湘江流域属于楚地，所以这里将田野称为“楚田”。这一幅苍茫的湘江暮景，为后面的离别奠定了悲凉的感情基调。“云梦”即云梦泽。严冬即将过去，大雁冲破云梦泽上的积雪，向着北方的高空飞去，同时友人独自踏上了洞庭湖面上的离船，大雁的返乡和友人的离去相互映衬，越发衬得诗人形单影只，孤独落寞。五六句是友人的船只离开后的场景。友人的船已经消逝在江面上，江上风起波涌，依然绕着两岸的山峦奔流不息，仿佛什么都没有发生过。诗人久久地伫立在江边，直到夜色降临，漫天的寒星仿佛与浩渺的湖水连成一片。这两句以自然的浩大、永恒和无情，烘托出人生在世的悲凉和辛酸，离别的痛苦尽在不言之中。最后两句诗人以梅花自比，心想友人离开后，自己就像那凋谢了一半的梅花，苟延残喘地度过剩余残冬腊月，而友人此番归家正好能赶上新年，对比中突出别后的孤苦落寞，以及对故园家乡的深沉思念。

雪

唐·罗隐（833—909）

尽道丰年雪，丰年事若何。
长安有贫者，为瑞不宜多。

|辑 评|

【元】辛文房《唐才子传》：“（隐）少英敏，善属文，诗笔尤俊拔，养浩然之气……恃才忽睨，众颇憎忌。自以当得大用，而一第落落，传食诸侯，因人成事，深怨唐室。诗文多以讥刺为主，虽荒祠木偶，莫能免者。”

【明】高棅《唐诗品汇》：“（隐）工诗、长于咏物。”

【清】贺裳《载酒园诗话又编》：“隐亦时有警句，但不能首尾温丽。”

赏读

罗隐，字昭谏，新城（今属浙江省杭州市）人，唐末五代时期诗人、文学家、思想家。这首诗名为“雪”，实际上并非咏雪之作，而是借雪来讽刺那些隔岸观火、虚伪做作的上层阶级，对贫困的人民给予同情和关怀。

瑞雪兆丰年，这是我们耳熟能详的观点，也是诗人听到的多数想法。可是诗人却不禁发出了疑问：丰年情况又怎样呢？对所有人来说大雪都意味着丰年吗？当然不是，大雪对于靠种植庄稼为生的农民而言，或许能够让他们的庄稼丰收。但丰收之后呢，他们不仍然要忍受上层阶级的层层盘剥，所以瑞雪也只能给他们带来短暂的安慰而已。更何况这是在长安城中，大雪对于普通市民而言更没有多少祥瑞的预兆了。而真正会对雪道丰年的多是那些穿着裘皮、手拥暖炉、不冻不寒、不饥不饿的达官贵人和富户豪家，他们对着大雪假惺惺地为远方的农民高兴两句，却对身边的人间疾苦视而不见，他们不知道或者假装不知道，这长安城内还有多少贫困人民，衣不蔽体，食不果腹，大雪对他们而言不仅仅意味着冻馁，甚至是生命的掠夺和终结。所以诗人希望，这雪还是不要太多的好。

这首绝句篇幅简短，明白如话，没有任何雕琢和修饰，只有淳朴真挚的吐露，真正让这首小诗脱颖而出的是渗透其中的人文关怀精神，对于被人忽视的长安贫者，诗人却关注到他们的生存，对他们寄予深厚的同情。

冬日

唐·方干（836—903）

烧火掩关坐，穷居客访稀。
冻云愁暮色，寒日淡斜晖。
穿牖竹风满，绕庭云叶飞。
已嗟周一岁，羁寓尚何依。

| 辑 评 |

【明】胡震亨《唐音癸签》："方干诗练句，字字无失，固应有"高坚峻拔"之目；但嫌其微带经籍气，村貌棱棱尔。"

【清】宋育仁《三唐诗品》："其源出于孟浩然。古风告寝，犹自神清。五律虽温丽难言，而清真足喜。"

赏读

方干，字雄飞，号玄英，唐代诗人。这首诗主要抒发了诗人旅居在外的穷困处境和愁闷心情。

严寒的冬日，诗人一个人在家烧火取暖，百无聊赖地坐着。这样的天气，本可以二三好友围炉煮酒，谈诗话闲，为什么作者却早早关上了门呢？“穷居客访稀”，一句点明因由，也道尽了心酸。富在深山有人问，穷在陋巷没人知。身处穷困潦倒之境的诗人自然宾客稀少。诗人透过窗户向外看去，更是一幅徒惹伤心的萧条之景：云色更加黯淡浓重，暮色降临，寡淡的日头无力地洒下最后的光辉。竹林间的风来得猛烈，顺着窗子将寒气也带了进来，庭院里，满地的落叶被狂风刮起，随风翻飞，无力自主自己的命运。那行将枯萎随风漂泊的落叶是否让作者想起了自己？自己又何尝不是漂泊在外，无所依傍？这种漂泊无依的心绪并非一时兴起，而是由来已久，因为诗人已经嗟叹了一年，可见愁闷之深之长。一年来，作者的愁闷心境没有发生变化，就说明他的处境没有任何的改善，这样一来，他处境的艰难和无奈，内心的愁闷和孤苦，未来的空茫和无望，显露无遗。

方干颇有才气，但因貌丑遭人鄙薄，家贫，一生未得重用，诗中的悲凉况味，怕是他一生中惯尝的。

冬夜

唐·韦庄（836？—910？）

睡觉寒炉酒半消，客情乡梦两遥遥。
无人为我磨心剑，割断愁肠一寸苗。

|辑评|

【明】胡震亨《唐音癸签》："韦端己体近雅正，惜出之太易，义乏闳深。"

【清】丁仪《诗学渊源》："（庄）诗典雅绮丽，风致嫣然，七绝则王建、李益之亚也。"

赏读

韦庄，字端己，晚唐诗人、词人，五代时前蜀宰相。工诗，与温庭筠同为“花间派”代表文人，并称“温韦”。这首诗写诗人在一个寒冷的冬夜，客居他乡，心中愁苦，借酒浇愁，却浇不去对家乡的无限思念和满怀愁绪。

深夜，炉子的火已经熄灭，只剩下冷却的灰烬，桌上搁着空了大半的酒瓶，一位形神憔悴凄苦的男人，踉跄着倒在床上。冬日寒夜，他为什么忍受着炉火烧尽的寒冷枯坐到半夜才睡呢？那半消的酒揭示出一半的答案。都说借酒消愁，他无疑是心中有愁。可从这只喝了一半的酒看来，他的愁绪并未得到缓解，只好罢了酒，强迫自己入眠。客居在外的清冷孤独和万千愁绪涌上心头，睡不着的他就连在梦里回到故乡都变成一种奢望，遥不可及。愁由心生，诗人于是悲难自抑地想：谁能为我磨砺心中的锋利之剑，替我割去肝肠上的寸寸愁苗？这里运用了一种叙事中比较常见的手法，即“化抽象为具体”的手法，比如李煜的“问君能有几多愁，恰似一江春水向东流”，李白的“白发三千丈，缘愁似个长”，李清照的“只恐双溪舴艋舟，载不动，许多愁”等。韦庄在这里将无形的愁绪比喻成具体可见的草苗。但心剑断苗也只是诗人的美好愿望罢了，他身边没有亲人、朋友、爱人，只有孤零零的自己，所以他只能任由这愁肠之苗疯长。对于“同是天涯沦落人”的异乡游子，诗中凝结着的沉痛的悲伤和无力的绝望，简直要令人肝肠寸断。

雪

唐·聂夷中（837—884？）

云容四野合，日色敛光华。
一夜寒生骨，满天风散花。
远山银鹤聚，老树玉龙斜。
豫报丰年兆，瓯窭定满家。

| 辑 评 |

【清】贺裳《载酒园诗话》：“聂夷中诗，有古直悲凉之气，但皆窃美于人。”

【清】宋育仁《三唐诗品》：“其源出于王无功、储太祝。结思沉漉，但未苦吟。田野诸诗，托情讽喻，亦有古谣谚之风。取在晚唐，犹称作者。”

| 赏读 |

聂夷中，字坦之，河东（今山西永济西）人。一说中都（今洛阳）人。这首诗较为详细地描摹了雪前、雪中以及雪后的景象，诗人通过自己丰富的想象将这场丰年瑞雪真实再现于读者眼前。

一二句是雪前之景：厚厚云层弥漫了整个天空，渐渐与四野聚合。日色敛去了光华，慢慢变得晦暗。这一切都预示着将会有一场大风雪来临。果不其然，到了夜晚就下起了大雪，一夜之间，寒气就浸透骨髓，天上洋洋洒洒地下起雪来，就像风在天地间散落的花瓣。这两句通过感觉和视觉相结合来展现下雪时候的情景，“满天风散花”既写出了雪花的形貌——像花瓣，又侧面展示出雪的情态——纷纷扬扬、飘飘洒洒。雪越下越大，给天地之间都铺上了一层莹白。诗人放眼向远处望去，只见那被白雪覆盖的巍峨群山，好似一只只银白的鹤聚在一起。一棵棵劲干虬枝的老树，斜逸旁出，在白雪的包裹下，就像条条玉龙矫然欲飞。这两句比喻不落俗套，而且非常优美，以动态的“银鹤”和“玉龙”来比喻静态的“远山”与“老树”，使静的画面蕴含着动的态势与爆发力，富有动静结合的美感。结句，诗人对大雪的前景进行了展望：这场雪预示着丰收的年景，明年定然会家家户户粮食满仓。“瓯窭”，狭小的高地，这里指的是谷仓。最后两句充分展现出诗人欣喜和高兴的心情。

醉着

唐·韩偓（842？—923？）

万里清江万里天，一村桑柘一村烟。
渔翁醉着无人唤，过午醒来雪满船。

|辑 评|

【宋】魏庆之《诗人玉屑》："致尧《醉着》绝句云：'万里清江万里天……'杜荀鹤亦有《溪兴》绝句云：'山雨溪风卷钓丝，瓦瓯篷底独斟时。醉来睡着无人唤，流下前溪也不知。'语句俱弱，不若致尧之雅健也。"

赏读

这首诗描摹了一幅渔翁醉雪的图景，突出了渔翁闲适潇洒的意态，意境寥廓幽美，宛如一幅醉人心神的山水画卷。

韩偓的《醉着》和柳宗元的《江雪》章法结构十分相似。都是一二句交代背景环境，三四句刻画人物意态。对于环境的描写采用了全景式摄入的手法，“万里清江万里天”写出了水天的寥廓，呈现在世人眼前的是这样一幅画卷：一望无际的江水清静无波，上方浩荡渺远的天空，天水近乎一色，在远处水与天连成一片，混沌难分。以上是远景，接下来“一村桑柘一村烟”描写的是稍近的江边景色：一大片桑树包围环绕着一方村落，村落被江边的水烟云雾笼罩着，若隐若现。好一幅水墨江南！就在这宛如仙境的环境中，诗中的主角出场了：醉朦朦的渔翁躺在渔船上睡着大觉，周围是一片烟水茫茫，没有人去打扰唤醒他。等他自然睡醒，睁开迷蒙的眼睛，发现大雪已经落满渔船。能够在雪中酣眠，除了雪落无声的缘故，也说明渔翁心外无物，随遇而安。跟《江雪》比起来，一个是寒江雪钓图，一个是清江雪眠图，两个渔翁都是独自一人，都有一种与众不同，超凡脱俗的意态。与《江雪》中渔翁相比，本诗的渔翁少了孤傲之气，多了一种闲适潇洒的风流神韵。

雪

唐·杜荀鹤（846？—906？）

风搅长空寒骨生，光于晓色报窗明。
江湖不见飞禽影，岩谷时闻折竹声。
巢穴几多相似处，路岐兼得一般平。
拥袍公子休言冷，中有樵夫跣足行。

|辑 评|

【清】赵臣瑗《山满楼笺注唐诗七言律》："五六写雪已霁，辨巢穴，则巢穴莫辨；寻路歧，则路歧难寻。茫茫一白，不知其深之几尺也。结到'拥袍''跣足'，讽公子乎？恤樵夫乎？仁人之言，吾但觉其蔼如尔。"

赏读

这首诗可谓是自然主义和现实主义的结合体，既真实地写出了寒冬大雪之后万物萧索、天地间一片洁白的景象，又抒发了对底层贫困人民的人文关怀。

对于这场大雪的降临，诗人可谓是“未见其雪，先闻其声”，诗人尚未起床，只听那风声在寥廓的空中盘旋呼啸着，一阵阵寒意渗入骨髓，心中估摸着可能下雪了。天刚破晓，诗人睁开眼睛，见到一片洁白的光亮从窗户射进来，定然是下雪无疑了。这两句是诗人在室内感受到下雪的情景。接着移步换景，诗人从室内走到了室外，边走边看，只见江河湖海都不见任何飞鸟和走兽的踪影，山谷中不时穿来竹子折断的声音，这说明雪下得很大，积得深厚。山中的巢穴都被厚厚的白雪封住，分不出有什么差别。不同的道路在白雪的覆盖下，高低起伏都被遮掩了起来，显得似乎都是一般平坦。前面都是写诗人边走边看到的自然雪景，可是就在这白雪皑皑的山路上，诗人遇到了一位樵夫，在这天寒地冻的天气，他不仅要出来砍柴，更让人心惊的是，他是光着脚走在雪地上。对于贫苦的樵夫而言，打柴是无疑为了求生存。可为什么光着脚呢？是没有可以御寒的鞋子？还是鞋子太薄，害怕被雪打湿？无从得知，但这一幕触动了诗人的心弦，他不由得感慨社会和人世的不公：那些裹着长袍的公子们口中还叫唤着冷，可知道这山中的樵夫光着脚在雪地里行走是何等寒冷？既讽刺了贵公子们的娇贵，又对樵夫寄予了同情。

巴山道中除夜书怀

唐 · 崔涂（854—？）

迢递三巴路，羁危万里身。
乱山残雪夜，孤烛异乡春。
渐与骨肉远，转于僮仆亲。
那堪正漂泊，明日岁华新。

辑 评

【清】贺裳《载酒园诗话》："读之如凉雨凄风飒然而至，此所谓真诗，正不得以晚唐概薄之。按崔此诗尚胜戴叔伦作。戴之'一年将尽夜，万里未归人。寥落悲前事，支离笑此身'已自惨然，此尤觉刻肌砭骨。"

赏读

崔涂，字礼山，今浙江富春江一带人。这首诗是诗人于除夕的夜晚，客居他乡，孤独和寂寞萦绕心头，既抒发了对于家乡和亲人的思念，又表达出对于漂泊生涯的厌倦。

三巴，指巴郡、巴东、巴西，在今四川东部。新年的前一日，诗人还艰难跋涉在遥远的三巴路上，身处万里之外的危险之地。这两句点明诗人客居他乡、羁旅在外的事实。若是能羁留在一个比较温暖和心安的地方还好，可诗人所处的却是寒冷孤凄的环境：犬牙交错的乱山之中，残雪映着寒夜，一支孤零零的烛火照着诗人这个流落异乡的人。孤独之中，诗人不禁想起了万里之外的家人，因为长期漂泊在外，骨肉分离，诗人感觉与自己的亲生儿女越来越疏远，反而倒是陪在身边的仆人更加亲近。一股无能为力的辛酸油然而生，一个父亲不能陪在自己的孩子身边，见证他们的成长，甚而彼此之间渐渐变得陌生，这对于一个父亲而言是多么残忍啊！在本该与家人团聚的除夕夜晚，诗人独自漂泊在外，反复咀嚼这孤独的思念与无力的颓唐，更何况明天一睁眼，又是新的一年！都说新的一年是新的开始，为什么作者反倒为新年的到来沉痛不已呢？因为新的一年对于诗人而言不是孤独和漂泊的尽头，而是循环往复的开始。诗人不仅要继续面临漂泊的命运，而且要经历又老去一岁的惶恐。诗中的孤独与沉痛，足以令闻者伤心，见者落泪。

初过汉江

唐·崔涂（854—？）

襄阳好向岘亭看，人物萧条值岁阑。
为报习家多置酒，夜来风雪过江寒。

辑评

【明】徐献忠《唐诗品》：“崔涂律诗音节虽促，而兴致颇多，身遭乱梗，意殊凄怅。虽喜用古事，而不见拘束，今人格体，类多似之，殆亦矫翮于林越间而翛然欲举者也。”

【明】敖英、凌云《唐诗绝句类选》：“蒋仲舒曰：此等用事乃得趣。”

赏读

襄阳，是历史悠久的文化古城，不仅山水秀丽，而且是历代军事经济要地，更是出了许多名人雅士的风流逸事。冬季岁末，诗人渡过汉江时，途经襄阳，睹山川形胜，忆及往昔风流人物，有所感慨，遂作此诗。

前两句点明时令地点，诗人的船沿着襄阳岘山一带前行，山巅上的岘亭在枯零的草木中显得尤为清晰，一目了然。可惜将近年关，来亭上游览的人尤为稀疏，只有岘亭孤零零地伫立在山巅，显得尤为冷清。其实何止当前人物萧条呢，历史上那些曾经活跃在襄阳的舞台上，曾在岘亭留下足迹、辉煌一时的名流子弟，还不都被时间的洪流吹得烟消云散。那些个风流人物在诗人眼前一一闪现，最后诗人的思绪定格在襄阳曾经的名门望族习家身上。习家曾经出过习凿齿这样的大名士，在当时声名远播。习家的私家园林“习家池”也是襄阳的游览胜地，西晋山简镇守襄阳时，常在此宴饮，几乎次次不醉不归。第三句的“ 报”不是报答，而是缅怀、致敬的意思。怀想起习家那些大族曾经辉煌，再看看现在的冷清和沉寂，诗人不由得感慨万分，悲从中来，置办起足够多的酒，准备痛饮一场，一方面是因为“夜来风雪过江寒”，另一方面或许是为了浇散胸中块垒吧，襄阳的历史陈迹让诗人意识到个人生命的渺小和短暂，历史的沧桑感伴着严冬岁暮的悲凉充塞心头，再加上风雪之中漂泊江上的孤寂，唯有一醉方休。

山中冬夜

唐·张乔（？）

寒叶风摇尽，空林鸟宿稀。
涧冰妨鹿饮，山雪阻僧归。
夜坐尘心定，长吟语力微。
人间去多事，何处梦柴扉。

辑评

【清】贺裳《载酒园诗话又编》："乔亦有一气贯串之妙，尤能作景语。"

【清】谭宗《近体秋阳》："乔诗高清，突绽飘忽而来，迥出尘外，读之令人风生习习。"

赏读

张乔，池州（今安徽省池州市贵池区）人，咸通中年进士，当时与许棠、郑谷、张宾等东南才子并称“咸通十哲”。黄巢起义时，隐居九华山以终。此诗当是诗人隐居山中之时，夜遇山中大雪，念及尘世种种，有感而发，表明自己隐居之志。

篇首四句描写了山中下雪的景致，一幅极其萧条寒滞的画面：山上的树叶都被寒风吹落殆尽，树林变得空荡荡的，栖居其间的鸟儿少之又少。山间中的水都结了冰，山中的鹿没法饮水。而山间少有人行，因此积了深深的雪，下山办事的僧人因此滞缓了归程。看似写景，其实不止于此。这两句既是对山中雪景的实写，其实也是对当时社会的映射。唐朝末年，社会黑暗，朝廷腐败，农民起义不断，黄巢起义历时十年，社会动荡不堪，百姓遭受离乱。这萧条寒滞的山中雪景就象征着山外凋敝艰难的世道。不管外界如何动乱纷扰，夜晚山室静坐的诗人那颗尘世之心却渐渐安定下来。诗人真的是不关心家国天下、民生疾苦吗？并非如此，而是因为“长吟语力微”。在寒冷冻结一切的雪夜，个人的发声不具有任何穿透的力量，微弱的语声终将归于寂静，这句透出诗人对乱世的无奈与无力。诗人也在出世和入世之间徘徊矛盾，但想到一旦去到人间，只能在纷扰世事中随命运沉浮，不知道何时何地才能过上清净简朴的生活，诗人就坚定了隐居的心志。

山园小梅二首 其一

宋·林逋（967—1028）

众芳摇落独暄妍，占尽风情向小园。
疏影横斜水清浅，暗香浮动月黄昏。
霜禽欲下先偷眼，粉蝶如知合断魂。
幸有微吟可相狎，不须檀板共金尊。

| 辑 评 |

【宋】周紫芝《竹坡诗话》："林和靖赋梅花诗，有'疏影横斜水清浅，暗香浮动月黄昏'之语，脍炙天下殆二百年。"

【宋】黄彻《巩溪诗话》："西湖'横斜''浮动'之句，屡为前辈击节，尝恨未见其全篇。及得其集，观之……其卓绝不可及专在十四字耳。"

【元】韦居安《梅涧诗话》："梅格高韵胜，诗人见之吟咏多矣。自和靖'香''影'一联为古今绝唱，诗家多推崇之。"

赏读

林逋生性恬淡，安贫乐道，终生未尝出仕，数十年隐居在杭州西湖，结庐孤山。他一生未曾娶妻，也没有后代，尤其喜欢种梅养鹤，自称“以梅为妻，以鹤为子”，世称“梅妻鹤子”。这首诗就是歌咏院中的梅花，梅花的清高孤傲，幽美意态在林逋的妙笔勾勒下，尤为传神。

冬日的酷寒叫姹紫嫣红都闻风丧胆，纷纷凋谢殆尽，院子里只有那梅花不畏寒冷，傲霜凌雪，尽情绽放着属于自己的风采。清可见底的水边，一株梅花旁逸斜出，稀疏的花枝倒映在光亮如镜的水面上，仿佛在对镜梳妆。黄昏渐渐流逝，一轮明月从山间升起，梅花的香气仿佛随着氤氲的水汽浮动升腾，跟着微风飘到诗人的鼻间。这两句是写梅花的千古名句，仿佛将梅花的精魂镌刻进周遭清幽的环境中，融为一体，美得让人窒息。接下来两句以“霜禽”和“粉蝶”对梅花的喜爱和痴迷来衬托梅花的迷人魅力。更幸运的是，梅花有诗人这样的知己轻声吟唱着她的美丽，而诗人也有梅花这样的清逸幽姿相伴，两者的情致丝毫不会被喧闹着檀板和金樽的宴会所破坏。最后一句，诗人对于梅花的喜爱流泻而出，那梅花仿佛真的具有魂灵一般，听着诗人的轻吟浅唱，到底是诗人还是梅花，竟有些分不清了。

梅花几千年来深受历代诗人喜爱，它的美丝毫不亚于春华秋菊，而就是这样一种看起来柔美纤弱的花，却能在繁花谢尽的寒冬绽放，这才是最可贵的。就好比能够忍受贫穷的人有很多，但像陶渊明和林逋这般贫困中也能过来如此诗意和风雅的，便是凤毛麟角，弥足珍贵了。

小桧

宋·韩琦（1008—1075）

小桧新移近曲栏，养成隆栋亦非难。
当轩不是怜苍翠，只要人知耐岁寒。

| 辑 评 |

【宋】欧阳修："临大事，决大议，垂绅正笏，不动声色，措天下于泰山之安，可谓社稷之臣。"

【宋】苏轼："韩、范、富、欧阳，此四人者，人杰也。"

赏读

韩琦，字稚圭，自号赣叟，相州安阳（今属河南）人。历相仁宗、英宗、神宗三朝，封为三国公，有《安阳集》传世。韩琦是当之无愧的北宋贤相，安邦定国自然不在话下，而且他胸怀宽广，执政期间，多次提携后进，范仲淹、欧阳修、苏洵等众多英才都受过韩琦的赏识和提拔，也正是因为韩琦的提拔，他们才得以在政治舞台上大放异彩。这首名为《小桧》的七言绝句，表面是在咏桧木，其实可以看作韩琦提携新人的一点心得与想法。

首两句说自己刚刚将小桧移到曲栏边上，将他们培养成参天大树并非难事。这两句其实是隐喻自己提拔后人之事，他期望并且相信这些新秀终有一天会成为真正的国之栋梁。后两句说自己将小桧移植到屋子旁的栏杆边，不仅仅是爱惜它的苍翠之色，毕竟苍翠之色虽然令人赏心悦目，但并不稀有可贵，春夏千卉万卉，各有千秋。诗人真正看重并希望这桧木为人所欣赏的是它那不畏严寒、坚韧不拔的品质。这两句既是自许，也是对他人，对像“桧木”一样得到他赏识的后起之秀的劝诫。他表明自己真正欣赏的是一个人的内在品性和德行，也希望他人不要过分为新人的外表和才华所迷惑，更多的应该关注这个人的品性德行，并以此告诫那些后起之秀，风骨和品德才是立身的根本。读其诗而想见其人，一个光风霁月、磊落端正的韩公如在眼前。

欲雪

宋·王安石（1021—1086）

天上云骄未肯同，晚来雪意已填空。
欲开新酒邀嘉客，更待天花落坐中。

|辑 评|

【宋】曾季貍《艇斋诗话》:“荆公绝句妙天下。”

【清】顾嗣立《寒厅诗话》:“王半山备众体，精绝句。”

| 赏读 |

一个冬天的傍晚，云层密布，眼看着一场大雪将要来临，诗人王安石心中欢喜，想要邀请嘉客一起开怀畅饮，这首诗就描写当时的情景以及诗人心理的微妙转变。

前两句是当时的自然环境，诗人用了一个“骄”字来形容空中云层重叠密布，翻腾涌动的情状，本来“骄”形容人骄纵、骄傲，这里通过拟人化的手法来形容云的动态变化，就显得颇有情味。从上空的乌云密布，风起云涌的态势，诗人断定即将有一场大雪倾空而下，此时的诗人心中定然是欣喜激动，因为他准备开封酿好的新酒，邀请亲朋好友过来畅饮一场。唐代诗人白居易曾经在《问刘十九》中邀请自己的好友："晚来天欲雪，能饮一杯无？”跟王安石简直是不谋而合，若是同处于一个时代，很可能就成为知己了。可能对于文人雅士而言，在大雪纷飞的天气和朋友围炉煮酒，是一件无上的美事吧。可也许就在诗人准备去给朋友们下发邀请函的时候，吩咐下人开酒的时候突然迟疑了一下，他看了看还在酝酿着雪意的天空，心想我还是等着雪花真正落下的时候再去开酒邀人也不迟，对雪的喜爱和期盼之情油然而生。卢梅坡称“有雪无诗俗了人”，对于诗人王安石而言，可能是“有酒无雪俗了人”吧。

寄内

宋·孔平仲（1044—1111）

试说途中景，方知别后心。
行人日暮少，风雪乱山深。

| 辑 评 |

【宋】苏轼《次韵孔毅父集古人句赠五首》："前生子美只君是，信手拈得俱天成。"

【清】吴之振《宋诗钞》："工词藻，故诗尤夭矫流丽，奄有二仲。"

赏读

孔平仲，北宋诗人，字毅父，临江新淦（今江西新干）人。这首诗是诗人离家后寄给妻子，叙说离情的作品。但诗人并未直接袒露别后心绪，而是通过对途中暮景的描写来寄予自己难以言状的心境。

在这封寄给爱妻的“家书’中，诗人写道：让我给你说说我赶路途中的景象，你就会知道离别之后的我是什么心情了。暮色苍茫，路上行人稀少，想必都趁夜幕降临前回家团聚去了。只有我一个人走在几无人烟的乱山之中，迎着呼啸的风雪艰难前行。“行人日暮少，风雪乱山深”和“柴门闻犬吠，风雪夜归人”的意境极为相似，而且都属于以景言情的高等境界，即“不着一字，尽得风流”，无一字提及“别后心”，但诗人的千愁万绪都凝聚在这幅日暮风雪图中。首先，暮色本就是悲凉之色，极易引起人的离别相思种种哀伤的情绪。路上人烟稀少，更是加深了诗人心中的孤独，想到别人都在家中与亲人团聚，在寒冷的冬夜有温茶热饭，妻儿相伴，还在独自一人赶路的诗人岂非更加凄怆难忍。最后，乱山中的大风深雪更是将诗人的孤苦推向高潮，心中本已千疮百孔，还要承受如此恶劣环境的欺辱，怎不令人黯然销魂。假如诗人的妻子看到这首诗，想到丈夫忍受着孤独、思念、严寒在苍茫风雪中赶路的情景，怕是要禁不住潸然泪下了。

还自广陵四首 其四

宋·秦观（1049—1100）

天寒水鸟自相依，十百为群戏落晖。
过尽行人都不起，忽闻水响一齐飞。

| 辑 评 |

【宋】李清照《词论》："专主情致，而少故实，譬如贫家美女，虽极妍丽丰逸，而中乏富贵态。"

【金】元好问《论诗绝句》："有情芍药含春泪，无力蔷薇卧晚枝。拈出退之山石句，始知渠是女郎诗。"

赏读

广陵就是今天的扬州，这首诗再现了诗人离开广陵途中所见到的一幕场景，描绘出一幅江南日暮飞鸟图，画面和谐，宛如画境。

冬日里天气寒冷，诗人路过一片水域，见一大片水鸟在水边相依相偎，它们或十或百地集合在一起，在落日的余晖下嬉戏着。从这幅场景可以想见江南的冬天来得柔和温润，不会像北国的凌冽寒冬那样造成“千山鸟飞绝，万径人踪灭”的效果。路过的行人走了一拨又一拨，水鸟们恍若未闻，也没有因为怕人而惊起，自顾自地嬉戏着。突然，一阵冰面哗动的声音响起，诗人抬眼望去，只见一大片水鸟仿佛提前商量好一般，齐齐向着高空飞去。最后两句由静到动，先闻其声，后睹其行，整个画面顿时鲜活灵动起来，同时以动衬静，冰面的响声，飞鸟展翅的态势，都衬托出环境的宁谧。整首诗看似只专注于描摹水鸟，不说其他，甚至连多余的情感都没有，其实从诗人对这么一群本不起眼的水鸟的关注，就可以看出应该是有所寄托的。秦观一生仕途曲折，在朝堂之上饱受倾轧和党争之苦，多次因为小人诋毁而受到政治迫害，而眼前的这群水鸟虽为禽兽之属，却不知比人类和善纯良了多少倍，它们相依相偎的融洽与和谐，吸引了历尽同类相残的诗人，当诗人望向空中那一片比翼齐飞的水鸟，眼里流露的应该是羡慕的目光吧。

破幌

宋·张耒（1054—1114）

破幌一点白，卧知千里明。
低窗通雪气，乔木尚风声。
传警军城静，鸣钟梵刹清。
高眠寻断梦，邻树已乌惊。

辑评

【宋】汪藻《柯山张文潜集书后》：“体制敷腴，音节疏亮，则后之学公者，皆莫能仿佛。”

【宋】晁补之《题文潜诗册后》：“君诗容易不着意，忽似春风花自开。”

【宋】吕本中《童蒙诗训》：“文潜诗自然奇逸，非他人可及”。

| 赏读 |

这首诗描写了诗人在清晨将醒未醒，睡意朦胧之际感受到大雪已经降临的经历。

一切都是从破了一个洞的帘子开始的，破晓时分，诗人睁开朦胧的睡眼，看见对面帘子的破洞中有一点白光透进来，诗人心中顿时明了，屋外此时定然是千里积雪，遍地白光的场景了。从“破幌”可以推断诗人家应该是比较贫困的，而他很可能是被冻醒的，因为下面他说“低窗通雪气”，窗户很低，可见屋子绝不是什么高楼大厦，寒冷的雪气就透过窗户潜入房中，屋外高大的乔木在寒风中呼呼作响。正当此时，军营吹起了嘹亮的号角，寺庙里也敲响了浑厚的晨钟，高亢的声音徘徊在空中，显得早晨越发清寂幽静。没有睡好的诗人打算趁着这清寂，再睡个回笼觉，继续去做自己被打断的好梦，谁知刚刚阖眼准备入眠，又听到室外的乌鸦扑棱着翅膀，惊突地从树枝上飞起聒叫的声音。难道乌鸦被这号角声和钟声惊起？还是像他一样，睡得正酣，被这积雪的白光和寒意惊醒？也有可能是树枝上积雪太厚，折断的时候惊到了栖息在上面的乌鸦。诗人自己也没有亲眼目睹，所以只能通过听觉来呈现，如此反而给人留下无限的想象空间，余味无穷。这也是这首诗的高妙之处，诗人处于一室之内，卧于床上，却能通过五感和想象，将清晨大雪覆盖的外部世界呈现得惟妙惟肖。

和李上舍冬日书事

宋·韩驹（1080—1135）

北风吹日昼多阴，日暮拥阶黄叶深。
倦鹊绕枝翻冻影，飞鸿摩月堕孤音。
推愁不去如相觅，与老无期稍见侵。
顾藉微官少年事，病来那复一分心？

|辑 评|

【宋】张邦基《墨庄漫录》："诚佳句也，但太工耳。"

【清】贺裳《载酒园诗话》："词气似随句而降，渐就衰飒，然恬让之致可掬。呜呼，独不可向伏枥者言耳！"

【清】潘德舆《养一斋诗话》："纯是筋骨，然皆语尽意中，唐人不肯为者。"

| 赏 读 |

韩驹，北宋末南宋初江西诗派诗人，诗论家。字子苍，号牟阳，学者称他陵阳先生。这首是大概作于诗人受党争牵连而被贬分宁县期间，全诗前两联状冬日暮景，后两联抒老病愁苦之情，情景交融，景中含情。

寒冷的冬天，总是晴多阴少，北风呼呼地吹着，空中惨淡的日头仿佛也被吹得瑟瑟发抖。傍晚时分，即将消逝的余晖洒在台阶上，上面凌乱地铺着厚厚一层黄叶，是被凛冽的寒风吹落的。前两句再现了一幅寒冷、萧索的冬日暮景，为全诗奠定了悲凉的感情基调。树枝间飞倦了的鸦鹊依旧在枝丫间翻飞着，寻找着夜间赖以栖身的温暖之处，一只失群的大雁挨着清冷的薄月飞过，在浩瀚的长空中发出孤独的哀鸣。“冻影”和“孤音”两词用得极妙，“冻影”写出了遭受严寒的鸦鹊飞翔时迟钝僵硬的姿态，再不复和煦天气里轻巧的模样，而“孤音”呈现出离群的大雁茫然、孤独、哀伤的情境。“倦鹊”和“飞鸿”既是诗人目中所见，更是诗人自身处境的真实写照，所以“冻”和“孤”当然不仅仅是“倦鹊”和“飞鸿”的客观特点，更是诗人心境的映射。后两联就直接将这种感情和心境剖露出来，诗人感觉那愁绪如影随形，强烈地想推开，却总是被它寻觅纠缠，明明跟衰老没有约定，它却不知不觉地侵袭到自己身上。这两句采用了拟人化的方式，想写出诗人愁老加身的状态，略带调侃的语气中渗透的是无可奈何的悲凉。

江上

宋·刘子翚（1101—1147）

江上潮来浪薄天，隔江寒树晚生烟。
北风三日无人渡，寂寞沙头一簇船。

辑评

【清】《四库全书总目提要》："风格高秀，不袭陈因。"

【清】吴之振《宋诗钞》："幽淡卓练，及陶、谢之胜，而无康乐繁缛细涩之态。"

赏读

刘子翚，宋代理学家。字彦冲，一作彦仲，号屏山，又号病翁，学者称屏山先生，著有《屏山集》。这首诗描摹出一幅冬日晚江图景，堪称诗中有画，画中有诗。

诗人站在江岸边上，只见寥廓浩瀚的江面上，一阵阵浪潮涌起，那高高的浪头几乎与天际相接。这是一幅令人震撼和心惊的场景，仿佛有一种“不尽长江滚滚来”的气魄，水浪的声势浩大同时也暗示出寒风的暴虐。诗人的视线蔓延到对岸，对面岸边的一片树林，清寒寥落，在朦胧水汽的氤氲下，以及苍茫暮色的笼罩下，显得烟雾朦朦，迷茫不清。前两句整体描写了江边的自然环境，虽然诗人没有直接说透，但通过滔天的水浪和凄寒的树林，我们已经感受到环境的恶劣。这样的环境自然是人迹罕至的。酷烈的北风已经肆虐了好几日，风劲浪大，自然无人渡江，只有沙滩边上整齐地停靠着一排排空船，在寒冷的傍晚，显得尤为寂寞。“寂寞”本来是形容人的心境，在这里却用来形容渡船，对一排排渡船的特写，带领读者穿越历史时空的隧道，想见天气煦暖时，江边人声鼎沸的热闹场景，再回到眼前一排排空船，便越发觉得寂寥冷清。整首诗动静结合，以动衬静，营造出一幅苍茫、清幽、冷寂的艺术画境。

梅花绝句六首 其三

宋·陆游（1125—1210）

闻道梅花坼晓风，雪堆遍满四山中。
何方可化身千亿，一树梅花一放翁。

|辑 评|

【清】陈衍《宋诗精华录》：“柳州之化身何其苦？此老之化身何其乐？”

赏读

陆游爱梅花，亦写过不少咏梅的诗句，比如“零落成泥碾作尘，只有香如故(《卜算子·咏梅》)”,“江头月底，新诗旧梦，孤恨清香（朝中措·梅）”，梅花的清高孤傲在陆游笔下得到了很好的诠释。这首诗也是写梅花，不过不同于陆游以往吟咏梅花精神品格的诗，这是一首表达对梅花爱慕之情的赏梅之作。

前两句言梅花盛放。诗人听闻梅花迎着晨风卓然开放了，当然忍不住去山中一睹真容，只见一片片梅花如同堆叠的白雪一样，漫山遍野，灿然绽放。这一句以“雪”来喻“梅”，既写出了梅花的皎然莹白之色，又写出其清冷高洁之态，而且一个“堆”字又写出开放之盛。爱梅成痴的诗人看到大片怒放的腊梅，心中自然异常欢喜和激动，他这棵树下看看，那棵树下闻闻，爱不释眼，心潮澎湃，恨不能拥有什么奇特的分身术，可以瞬时化作数千数亿个自己，让每一棵梅花树下都有一个陆放翁可以尽情地观赏，“一树梅花一放翁”的想象很特别，将诗人对于梅花的喜爱之情渲染到极致，而且给人留下丰富的想象意蕴，试想一下，每棵梅花树下都有一位诗人仰首观梅、闭目闻香，诗人与梅花仿佛浑然一体，到底是诗人化作梅花，还是梅花化作诗人竟是混沌不清，诗人的清逸、孤高就在这“一树梅花一放翁”的意境中悠然而出。

除夜雪

宋·陆游（1125—1210）

北风吹雪四更初，嘉瑞天教及岁除。
半盏屠苏犹未举，灯前小草写桃符。

|辑 评|

【清】赵翼《瓯北诗话》：“宋诗以苏、陆为两大家，后人震于东坡之名，往往谓苏胜于陆，而不知陆实胜苏也。（陆游诗）少工藻绘，中务宏肆，晚造平淡。”

赏读

大年除夕的夜晚，天降瑞雪，诗人在灯下兴致高涨地写着春联，准备迎接新年的到来。全诗笔调明快，字里行间透露出一种欣喜和愉悦的心情。

四更，大概是凌晨一点至三点。古代除夕有守夜的传统，诗人作为家中独子，此时定然没睡。谁知就在这岁末的最后一个晚上，北风忽然吹来一场瑞雪。诗人想，这一定是老天爷特意留在这天的惊喜与恩赐吧！有这瑞雪的吉兆，明年看来必然是一个丰收祥瑞年呢！诗人心中高兴，为自己倒了一杯屠苏酒以示庆贺之意，不过只喝了半杯就匆匆搁在一旁，在灯下用小草字体赶写着迎春的桃符。屠苏是一种药酒，古代有农历正月初一饮屠苏酒的风俗，“爆竹声中一岁除，春风送暖入屠苏”（王安石《元日》）。桃符即春联，五代时在桃木板上书写联语，其后书写于纸上，称为春联。陆游这首小诗不禁让人想起那个年味浓厚、民俗醇正的年代。家家户户盼望着过年，从腊八就开始各种庆祝活动，祭灶、守岁、拜年、祭财神、逛庙会……人们洒扫庭除、贴窗花、挂年画、写春联、蒸年糕，为了度过一个热闹丰盛的新年。除夕夜，全家人一起吃团圆饭，饭后围着火炉聊天守岁，共同迎接新年的到来。而现代物资越来越丰厚的我们却渐渐远离了那浓厚的年味儿和人情味，仪式感越来越淡，现在的我们，恐怕不会再像诗人那样为了一场大雪的降临而欢呼雀跃了。

冬夕闲咏

宋·陆游（1125—1210）

柳眼梅须漏泄春，江南又见物华新。
终年幽兴遗身世，半夜孤吟怆鬼神。
客有疏亲俱握手，酒无贤圣总濡唇。
放翁自命君无笑，家世从来是散人。

| 辑 评 |

【清】陈讦《剑南诗选题词》："放翁一生精力尽于七律，故全集所载，最多最佳。"

【清】梁启超《读陆放翁集》："诗界千年靡靡风，兵魂销尽国魂空。集中十九从军乐，亘古男儿一放翁。"

赏读

诗人陆游一生主张抗金，在朝廷深受排挤，壮志难酬，这首诗表面上写自己的闲适生活，字里行间却渗透着郁郁不得志的凄怆与悲凉。

江南的春意来得特别早，还是冬天，柳树就抽出宛若初睁眉眼般的嫩芽，梅花悄悄绽放的花蕊都泄露着春的气息，又是万物更新的一年。这似乎是一幅生机勃勃，令人欣喜的江南图景。但对于一生有志回复中原，至死都还叮嘱儿子“王师北定中原日，家祭无忘告乃翁”的诗人，江南的平静安逸只会让更加想起那在金兵铁骑践踏下的中原，又该是怎样的寒冬凛冽呢？诗人对此只字未提，他只说自己终年兴致幽远，超然物外，不问世事，可夜半孤吟却暴露了他不平静的内心，那吟声大类仰天长啸，足以惊怆鬼神。来的客人不论是亲是疏，诗人都会与他握手言笑，酒不分圣贤拿来便可大醉一场，这样的诗人似乎有些放浪形骸，对一切都无所谓的样子，其实不过是故作洒脱来掩饰内心的苦闷酸涩罢了。他说，你们不要嘲笑我自名放翁，我们家世世代代可都是闲散自在的人。放翁，陆游又何尝真正放下过呢？鞠躬尽瘁效力于南宋小朝廷，却屡屡因为主张北伐而受排挤，不得重用，即便后来蛰居在山阴，他依然心心念念着富国大计，而后也是因韩侂胄北伐失败的事情而忧愤成疾，仓促离世，一个做梦都“冰河铁马”的英雄，吟出这种玩世不恭、闲散遗世的诗句，内心的无力与绝望，苦闷与无奈可想而知。

夜坐有感

宋 · 范成大（1126—1193）

静夜家家闭户眠，满城风雨骤寒天。
号呼卖卜谁家子，想欠明朝粜米钱。

| 辑 评 |

【宋】崔敦礼 :“包罗百氏，磅礴九流。以辉煌汗漫之作而执耳文盟，以博大高明之资而盱衡士类。”

【宋】叶茵 :“千古湖山人物，万年翰墨文章。”

赏读

范成大无疑是一位怀有悲悯之心和人文精神的诗人，贩夫走卒、农妇渔夫等下层贫民时常被他写入诗中，他客观地呈现他们贫苦的生活状态，并寄予自己深厚的理解和同情。这首诗就是一首反应卖卜人艰苦生活的作品。

寂静的冬夜，家家户户都早早关门睡觉了，今日城中风雨交加，天气骤然变凉，寒气刺骨，夜晚尤甚。前两句渲染了冬夜城中恶劣的环境，为下文卖卜人的出场作铺垫。此时，尚未入眠的诗人突然听到屋外的小巷传来刻意拉长的吆喝声，仔细一听，原来是算命人在高声寻觅着客户，那叫喊的声音还比较稚嫩和年轻，诗人心中不由想到：是谁家的孩子三更半夜在外面卖卜呢？答案只有一个，那就是穷人家的孩子。但如果只是一般的穷，他不会在凄风苦雨、人烟稀少的寒夜出来，所以诗人推测他家中想必已经穷得揭不开锅，没有钱去买米糊口。明知道这样的夜晚不太可能有生意，却还是抱着一线浅薄的希望出来谋生。卖卜人生活的艰苦，诗人的同情和无奈在诗人直白的笔墨下呼之欲出。关于卖卜人的结局，诗人没有明说，但在一个“静夜家家闭户眠”的风雨之夜，相必只能以惨淡收场。我们仿佛可以看见浓浓夜色中，风雨弥漫，卖卜人拖着疲惫的身躯，神色颓败地走回家去，那里或许正有着好几个嗷嗷待哺的家人，期盼着他的归来。

四时田园杂兴六十首 其五十四

宋·范成大（1126—1193）

放船闲看雪山晴，风定奇寒晚更凝。
坐听一篙珠玉碎，不知湖面已成冰。

| 辑 评 |

【清】宋长白《柳亭诗话》：“范石湖《四时田园杂兴》诗，于陶、柳、王、储之外，别设藩篱。王载南评曰‘纤悉毕登，鄙俚尽录，曲尽田家况味。’知言哉！”

赏读

1182年，南宋诗人范成大辞官归隐，退居石湖，在那里度过了十年比较闲适恬淡的晚年生活。这首诗就是诗人隐居石湖期间所作。雪后初晴的傍晚，诗人湖上泛舟，观千山暮雪，听湖面冰凝，将这幅皓然冷洁的湖山雪景图刻在心上，绘于笔端。

诗人不愧是风雅名士。大雪初晴，天寒地冻，他却丝毫没有常人那种畏畏缩缩的形态，反倒是逸兴遄飞，泛舟湖上，看皑皑白雪遍布千山，皓然美景尽收眼底，诗人那闲适风流的意态跃然纸上。天色渐暝，风停了，湖上寒意却更甚。“凝”字是指湖上寒气聚在一起，真实细腻地传达出诗人的寒冷体验，也为后文湖面结冰作了铺垫，正是因为湖面开始结冰了，诗人才感受到寒气凝聚，奇冷无比。尽管酷寒逼人，诗人并未因此动摇游湖之心，而是兴致依然地听者船篙波动湖水的声音，只听那撑开的船篙碰到了清脆之物，发出宛如敲碎珠玉清凌脆响，诗人这才恍然大悟，原来是湖面上已经结冰。通过听觉方能辨别湖上结冰，可知天色已晚，黑茫茫的看不清楚湖面，从白天放船到湖上，到黑夜尚未归去，可见诗人游兴高昂。前两句通过视觉来展现白日雪景，后两句通过听觉呈现湖上冰凝，可谓有动有静，声色俱佳的湖山雪景。同时，不难感受到，诗人对于自然和生活的热爱。

稚子弄冰

宋・杨万里（1127—1206）

稚子金盆脱晓冰，彩丝穿取当银铮。
敲成玉磬穿林响，忽作玻璃碎地声。

|辑 评|

【宋】杨万里《诚斋集》:“(周必大题曰)写人情意，则铺叙纤悉，曲尽其妙，笔端有口，句中有眼。”

【宋】项安世《题刘都干所藏杨密监诗卷》:“雄吞诗界前无古，新创文机独有今。”

赏读

吟咏着“小荷才露尖尖角，早有蜻蜓立上头”的杨万里，让我们了解到他是一个热爱自然、善于观察之人，而这首《稚子弄冰》让人又认识了一个富有童心、有情有趣的杨万里。在其他大人眼中幼稚的儿童穿冰游戏，在他心中不仅可以如诗，而且能表现得如此富有诗意、妙趣横生。

一个严寒冻骨的早晨，脸盆中的水经过一夜的酷寒，在清晨时分全部结成了冰。对于大人来说，这是一件令人烦恼的事情，但对于童心未泯的孩童而言，却是一件极好的玩意儿。一脸天真和稚气的孩子将金盆中的大块圆冰捣鼓脱落，然后拿一根彩线从中间穿起，做成一个银铮的模样。银铮是古代像锣的乐器。“乐器”做好之后，小孩子就开始正儿八经地演奏起来，他提起乐器轻轻敲打，发出了像撞击钟磬一样的声音，那声音似乎穿过风林而来，清亮高亢，在稚子的敲击下，冰锣“哗”的一声碎裂开来，大块小块落在地上，四溅开来，发出清脆的吟声。这是一幅多么富有诗意的画面，简直像一场绘声绘色的音乐会，在这场音乐会里，我们既可以听到美妙的声音，又可以观赏到演奏者——稚子的天真烂漫。而这场音乐会的呈现者——杨万里，称得上是一位纯粹的诗人或艺术家，他在构筑诗歌世界的时候，不是以自我为中心，宣泄自己的遭遇或需求，而是以诗兴的眼光来看待世界和生活，所以生活中的一件平凡小事，在他笔下就被镀上了诗性的魅力。

观雪二首 其一

宋·杨万里（1127—1206）

坐看深来尺许强，偏于薄暮发寒光。
半空舞倦居然懒，一点风来特地忙。
落尽琼花天不惜，封它梅蕊玉无香。
倩谁细橪成汤饼，换却人间烟火肠。

赏读

这是一首观雪之作，诗人对雪花的形态、色彩及质地作了非常细致的刻画，动静结合，饶有情味。

想必对荷花情有独钟杨万里也是钟爱雪花的，这不，一下雪，他竟就坐在那儿，饶有兴味地观察起来。诗人感到很惊讶，这才一尺多厚的积雪，偏偏就能在暮色降临的时候发出寒冷的白光，照亮即将笼罩的黑夜。接着诗人的视线又从地面飘到了空中，只见无风的时候，雪花从空中慢慢飘落，仿佛静止了一般，就像跳舞跳累了在半空中偷懒一样，但是风一来，雪花们就纷纷忙乱起来。这两句想象丰富而又奇特，极具趣味，动静结合，将下雪的情态刻画得生动而有趣。接下来诗人开始观察雪花的颜色了，心想这漫天飞舞的大雪，简直就像上天毫不吝惜而落下的琼花，既像晶莹剔透的梅花花瓣，又像玉一样洁白无瑕，只是少了一点香气。这两句写出了雪花的莹白色泽。诗人看着看着，觉得这雪花似乎质地特别细腻，可不就像家中的细软的白面一样，于是他忍不住口水直流，心想，请谁来把这雪花细细揿碎做成汤饼，填一填我这人间的烟火肠胃呢？最后一句，通过有趣的联想写出雪花细腻柔软的质地，也暴露了诗人是个吃货的事实。古往今来，想将雪花做成大饼吃进肚里的，怕是只有他杨万里一人而已。

钓雪舟倦睡

宋·杨万里（1127—1206）

小阁明窗半掩门，看书作睡正昏昏。
无端却被梅花恼，特地吹香破梦魂。

赏读

杨万里有一书斋，形状如舟，所以给它命名为“钓雪舟”，冬日里的某一天，诗人于斋中读书，感觉困倦便小憩了一会儿，忽有微风入室，将瓶中梅花吹得极香，香气飘入诗人鼻中，因此惊醒，于是写下这首清新雅致的绝句，记录了这场风雅的“惊扰”事故，不着痕迹地衬托出梅花之香。

这首小诗语言明白晓畅，自然流畅，毫无雕琢的痕迹，前两句交代自己于斋中读书，困倦便睡的情景，“小阁明窗半掩门”为下文作了铺垫，正是因为大开的窗户和半闭的门，微风由此入室，才会有“无端却被梅花恼”的发生，这梅花大抵置于书案上的花瓶中，不会跑不会叫，何以会惊恼睡梦中的诗人呢？原来是窗外的风在作怪，它们偷偷跑入室内，将梅花的香气吹进了诗人鼻子，吹进了诗人的梦魂之中，诗人闻香而惊醒。但“始作俑者”分明是风，诗人却嗔怪梅花，怪她惊扰了自己的梦魂，这就是所谓的“无理而妙”，在诗人的无理恼怪下，梅花仿佛被赋予了人性和灵魂，顿时鲜活生动起来。花香入梦魂的描写却又无形地衬托出梅花香气的浓郁。

杨万里的生活姿态生动地诠释了何谓“诗意的栖居”，简单的生活总是被他过得风情万种。从上面这首小诗就可以看出，这一切离不开他细腻的感受力和灵巧的诗心，更离不开他对自然和生活的热爱。

雪

宋·尤袤（1127—1194）

睡觉不知雪，但惊窗户明。
飞花厚一尺，和月照三更。
草木浅深白，丘塍高下平。
饥民莫咨怨，第一念边兵。

辑评

【元】方回《瀛奎律髓》："尤遂初诗初看似弱，久看却自圆熟，无一斧一斤痕迹。"

【元】方回《跋遂初尤先生诗》："公（尤袤）与石湖，冠冕佩玉，端庄婉雅。"

赏读

尤袤，南宋著名诗人。字延之，号遂初居士，常州无锡（今江苏无锡）人，与杨万里、范成大、陆游并称为“南宋四大诗人”。这首诗记录了诗人半夜起来观雪的经历，体现了对民众的人文主义关怀。

某个冬日的夜里，睡得正香的诗人对屋外纷飞的大雪一无所知，骤然醒来的他惊讶地发现窗外十分明亮。诗人虽然省略了自己接下来的动作描写，但我们从下文可以知道，讶异好奇的诗人此时穿上衣服起了床，推开门走到了屋外，见到地上的雪已经积了一尺多深，皑皑的白雪和着空中清冷的月光，照亮了漆黑的夜晚，完全看不出是三更半夜的模样。诗人放眼望去，只见平日里深浅有别的草木和高低不平的土地，现在都被覆上了一层厚厚的白雪，一切差异被掩盖得一干二净。如果只看到这里，我们会以为这首诗只是一首单纯的摹雪和咏雪之作，但诗歌的最后两句改变了诗的主题和气韵，展现出诗人阔大的胸襟和气度，堪称画龙点睛之笔。眼前的这场大雪，并没有引起诗人风花雪月的心思，而是让他担忧起贫苦的饥民和戍边的战士，天寒地冻，那些贫苦的饥民想要填饱肚子更是难上加难，唯有哀叹愁怨，可是比起那戍边的战士，饥民们算是幸运的了，边地苦寒，塞客衣单，人烟稀少，冰冻三尺，为了保卫家国，将士们却不得不暴露在寒冷中，离家去乡的悲凉早已是不堪承受，更何况暴虐的风雪和酷寒，叫他们如何挨过这长夜漫漫？

寒夜

宋·杜耒（？—1225）

寒夜客来茶当酒，竹炉汤沸火初红。
寻常一样窗前月，才有梅花便不同。

| 辑 评 |

【宋】魏庆之《诗人玉屑》："杜小山诗：'寻常一样窗前月，才有梅花便不同。'苏召叟诗'人家一样垂杨柳，种在宫墙自不同'，二联一意。"

赏读

杜耒，字子野，号小山，盱江（今江西省东部）人。这首诗描写了诗人冬夜和朋友围炉煮茶的经历，构建出一幅清新恬淡的意境，字里行间洋溢着淡淡的喜悦之情。

寒冷的冬夜，倘若独自一人捱过，不免有些孤苦落寞。幸运的是，今夜将有客来访。有朋自远方来，诗人心中自然欣喜非常，家中贫寒无酒，便以茶当酒招待客人。两个人围着竹炉尽兴地谈天说地，听着炉上的茶水渐渐沸腾的声音。聊着聊着，从窗外飘来一阵清新馥郁的香气，诗人顺着香气往窗外望去，只见院子里梅花盛开了，倚着窗子摇曳着，清冷皓洁的月光洒在上面，越发显得清绝出尘。两个人听着茶声，闻着清香，赏着腊梅，聊着闲话，感觉不到一丝冬夜严寒，只觉得惬意极了。诗人看看梅花，再看看朋友，心想这月亮还是同往常一样清冷，没有什么新意，只是有这盛开的梅花相伴，便顿觉与众不同。月下梅花，消减了几分寒月的清冷，多了几分风雅韵味和温馨气氛。诗人表面写“月”和“梅花”，实际上是喻人，委婉含蓄地传达出自己对朋友来访的心理感受。往常朋友未来之时，诗人就像那“月”一般孤冷无聊，但精神品格同“梅花”样高洁的朋友一来，诗人感觉兴味盎然，心旷神怡。前两句实写知己来访，围炉煮茶的温馨场景，后两句虚写两人之间深厚的情谊和融洽的氛围，虚实结合，言有尽而意无穷。

次韵郭子秀晓行

宋·戴复古（1167—？）

脱叶园林带晓鸦，马蹄步步踏霜华。
山边水际频凝顾，怕有寒梅昨夜花。

| 辑 评 |

【清】况周颐："往往作豪放语，锦丽是其本色。"

| 赏读 |

戴复古，南宋著名江湖诗派诗人。字式之，自号石屏、石屏樵隐。天台黄岩（今属浙江台州）人。一生不仕，浪游江湖，后归家隐居。大约是诗人的朋友郭子秀写了一首关于晓行的诗，诗人就依着朋友诗的用韵和上一首。

整首诗同样也是围绕着“晓行”两个字来展开，诗人清晓骑马出行，穿过一片园林，林中树叶早被凛冽的寒风冻落枝头，化作地里的春泥，林间的寒鸡已经苏醒，立在枝头聒叫着。诗人骑着马慢悠悠地走着，一步一步踏在地面的严霜之上，留下一个个马蹄印。不是策马扬鞭，不是踏马飞奔，而是“步步踏霜华”，可以看出诗人不紧不慢、不疾不徐的姿态，诗人此时的心情当然也是悠闲惬意的。前两句既点明时令是在冬天，又表明诗人并没有要事在身，为下文做了铺垫。正是因为没有急事相迫，诗人才能在走过山边水边的时候，频繁地左顾右盼，诗人到底在看什么呢？最后一句揭晓了答案，原来是生怕自己错过了昨夜悄悄绽放的寒梅。昨夜才有绽放的迹象，诗人大清早冒着寒冷就来寻找开放的梅花，对梅花的喜爱不言而喻，同时也可看出诗人是一位风雅有趣之人。想象一下，清晨的薄雾中，一位翩翩书生，身穿白衣，踏马徐行，神色怡然地顾盼路边的风景，不时停马伫立，逡巡着梅花绽放的踪迹，这是一幅多么清逸风雅的画面。早行的经历，很多人都有，这首近乎白话的小诗却能将生活中的平淡经历写得趣味盎然，令人心驰神往。

访益上人兰若

宋·严羽（？）

独寻青莲宇，行过白沙滩。
一径入松雪，数峰生暮寒。
山僧喜客至，林阁借人看。
吟罢拂衣去，钟声云外残。

|辑 评|

【清】《四库全书总目》："由其持诗有别材不关于学，诗有别趣不关于理之说，故止能摹王孟之余响，不能追李杜之巨观也。"

【清】朱霞《严羽传》："戴复古写诗论严羽：飘零忧国杜陵老，感遇伤时陈子昂。"

赏读

严羽，字丹丘，一字仪卿，自号沧浪逋客，世称严沧浪。一生未曾出仕，大半隐居在家乡，著有《沧浪诗话》。“上人”是对僧人的尊称，“益上人”具体身份不详，大概是诗人的朋友，“兰若”指寺庙。这首诗写诗人于雪后某日寻访益上人寺宇，飘然洒脱的风范宛如谪仙。

诗人独自一人去寻访益上人所在的寺庙，闲庭信步走过一片洁净的沙滩。诗人此番虽是“独寻”，却毫无萧瑟孤独之意，而是有种从容潇洒的意味。诗人走了许久，终于到了山下，只见有一条小路通向山上，小路两边被白雪覆盖的青松交相遮蔽起来，只有中间一条狭窄的小道。不远处相连的几座山峰，暮色中散发着阵阵冷凝的寒意。这是诗人上山前所见之景，给人一种清冷幽寂的感觉，非常符合佛寺的环境，这也暗示着佛寺就在山上。终于，诗人到达了目的地，山僧见诗人来访，大喜过望，兴致盎然地带着他去观赏林中佛阁。僧人如此高兴，大抵是因为山寺居处幽僻，平日少有外客来访，更何况是在这寒冷的冬日傍晚，而来的又是自己的知交好友，定然惊喜非常。两个人游兴浓时，便吟诗作赋，你来我往，互相唱和，真是惬意极了。游览过后，诗人拂衣出寺，归途中听到寺庙的钟声，悠扬缥缈，渐渐消弭于云端之上。“吟罢拂衣去”，没有眷念和不舍，兴至而来，兴尽而归，不禁让人想起“雪夜访戴”的王徽之，颇有几分风流洒脱的意态。而结尾以缥缈的钟声作结，言有尽而意无穷，让人感觉诗人所处真乃世外仙境也。

冬日杂言五首其三

宋·薛嵎（1212—？）

竹炉槁叶坐烧残，冷屋荒村夜更寒。
冻得形模龟样缩，谁知方寸似天宽。

| 辑 评 |

【宋】刘澂《和薛仲止渔村杂诗十首》：“半生心力在吟编，炼得形如孟浩然。”

【清】《四库全书总目提要》：“嵎之所作，皆出入四灵之间，不免局於门户，然尚永嘉之初派，非永嘉之末派。录之亦足备一格也。”

赏读

薛嵎，字仲止，一字宾日，号云泉，宋代浙江永嘉人，著有《云泉诗》一卷。这首诗描写了诗人冬居荒村，夜晚苦寒的经历，同时抒发了自己不为贫困所拘的远大心志。

寒冬腊月，诗人聊以取暖的只有一方小竹炉和一些枯枝败叶，而这些枯枝败叶即将烧尽，这意味着身居荒寒村落、破旧老屋的诗人，只能在彻底的寒冷中，度过这漫漫长夜。前两句通过家居环境的描写衬托出诗人的贫困。三四句描写了诗人在苦寒中的身体感受和心理感受。在耿耿寒夜中诗人冷不自禁，像乌龟一样蜷缩在一起。这一句非常写实，却又莫名地令人心酸，眼前仿佛出现一个苍老憔悴的诗人，佝偻着身体缩成一团，瑟瑟发抖，叫人不禁想起杜甫的那句："安得广厦千万间，大庇天下寒士俱欢颜。"最后一句可谓异军突起，一扫前面的寒冬阴霾。诗人没有继续自怜自哀，而是倾露了自己内心的自由与不羁。身体被寒冷所困，这是本能也是无法控制的事情，但诗人此时心中却不像自己蜷缩的身体那样卑琐，而是自有一方广阔天地和清明境界，那里不会为贫困和荒寒所扰。贫寒的生存环境与诗人高广的精神境界形成鲜明的对比，更突出诗人精神品格的可贵。

早起见雪

宋·利登（？）

折竹声高晓梦惊，寒鸦一阵噪冬青。
起来檐外无行处，昨夜三更犹有星。

赏读

利登，字履道，号碧涧，金川（今江西新干西北）人。在这首诗中，诗人用细腻、幽微的词句呈现出这场夜雪的到来。

还在睡梦中，诗人被一阵脆响的折竹声惊醒，睁开眼睛，已经是破晓时分。此时诗人心中肯定已经埋下一丝疑虑：是什么将竹子压断了呢？诗人推开门，惊见门外一处落脚的地方都没有。如果说“惊闻折竹声”时，诗人只是怀疑还未确定，那到来打开门亲眼见到门外的场景，诗人已经算是全然明白发生了什么，也清楚压断竹子的“罪魁祸首”，但诗人依然没有明说，而是将事实通过言外之意留在读者的想象里：那便是昨夜下了一场大雪。旁边的冬青树林间，一阵寒鸦聒噪地叫着，或许是受不了这寒冷吧。诗人又抬头看了看天，天空布满了灰蒙蒙的云层，他不禁想起昨天晚上的夜空，星光熠熠，万里无云，怎么短短一夜之间，就风云变幻呢？诗歌到这里戛然而止，诗题为“早起见雪”却没有一句提及“雪”字，也没有一句直观地写雪的样子，但又无一句不透露出“下雪了”这一事实。诗人可谓是完全跟着自己的感觉“走”，从听觉到视觉，再从视听结合到心理感受，步步推进，层层深入，到最后一句，“夜雪突袭”的事实已昭然若揭，却依然“犹抱琵琶半遮面”，没有戳破最后一层窗户纸，给人留下无限的想象与回味。

雪梅二首

宋·卢梅坡（？）

其一

梅雪争春未肯降，骚人搁笔费评章。
梅须逊雪三分白，雪却输梅一段香。

其二

有梅无雪不精神，有雪无诗俗了人。
日暮诗成天又雪，与梅并作十分春。

赏读

卢梅坡，南宋诗人，生平事迹不详，凭借雪梅诗两首流传千古。梅和雪堪称是冬的精魂，你能想象没有了雪和梅的冬天，是何等的干滞枯涩、萧索乏味吗？但倘若问你梅和雪哪一个更加富有魅力，恐怕会难以抉择，摇摆不定吧。而一个冬日雪天，诗人卢梅坡就面临着这个两难的选择，他便在自己的诗中进行了一番认真的思考和讨论。

这个冬日里的一天有点热闹，“雪公子”和“梅姑娘”争执着来到诗人面前，他们竞相让诗人给评判评判，到底是谁，更担得起寒冬里的那一分春色。这可难倒了饱读诗书的诗人，他搁下笔墨，冥思苦想，最后给出了一个颇为公允的评价：梅花虽然洁白无瑕，但终究差了白雪三分，而雪花虽然飘逸出尘，却终究少了梅花那一味沁人心脾的幽香。总之是各有千秋，难分伯仲。想来“雪公子”和“梅姑娘”听到这样的评判，也是极为服气的。

看到握手言和，相处甚谐的“雪公子”和“梅姑娘”，诗人眼前一亮，挥毫泼墨，赋诗一首，心满意足道：冬天倘若只有梅花，而没有清逸的雪花来陪伴和映衬，恐怕就少了傲雪凌霜的风骨和清韵，只有雪而没有徜徉的诗兴，那赏梅的人就显得过于庸俗了。日暮时分，诗成，雪来，梅开，真真是在这萧瑟的寒冬浸染出十分的迷人春色呢。

两首诗构思新颖，趣味盎然，语言清丽，议论的笔调却不嫌呆板枯燥，反而营造出一种幽美的意境，风流雅致的情味令人神往，不愧是千古传唱的经典。

雪

宋·黄庚（？）

片片随风整复斜，飘来老鬓觉添华。
江山不夜月千里，天地无私玉万家。
远岸未春飞柳絮，前村破晓压梅花。
羔羊金帐应粗俗，自掬水泉煮石茶。

|辑 评|

【清】顾嗣立《元诗选》："庚字星甫，天台人。所著有《月屋漫稿》。……自科目不行，始得脱屣场屋，放浪湖海，凡平生豪放之气，尽发而为诗。今观其句法……类皆风致清远，用意推敲。"

赏读

黄庚，宋末元初诗人，字星甫，号天台山人，天台（今属浙江）人，有《樵吟集》。历史上文人骚客对冬天的两种事物尤其偏爱，一是梅花，一是雪花。吟咏雪花的作品也层出不穷，这首诗就是其中之一。

片片洁白齐整的雪花随着风斜斜地落下，迎面飘来，让诗人感觉自己的双鬓都被这雪色染白了。开头两句着重写出了雪花飘落的姿态，接着诗人从更加开阔的视界来突出雪花的洁白与光亮，夜晚月色笼罩大地，被白雪覆盖的万里江山在月光照耀下反射着皓洁的光芒，宛如白昼一般，天地间纷飞如玉的白雪落满了千家万户，不论贫富贵贱，都受到了雪的眷顾。三四句有一个转折和过渡，空间上由大到小，时间上由夜里到白天。清晨时分，诗人出户观望，见河水对岸的柳树在飘着柳絮，时逢寒冬，春日尚远，这当然是雪的功劳。纷飞的白雪穿过柳树的枝条，在风的吹拂中，真的像极了纷飞的柳絮。村头的梅花在白雪的积压下弯了枝丫，更显得婀娜多姿。柳和梅花与白雪相得益彰，映衬得雪花韵味十足。最后两句诗人终于出场了，他认为，在这般纯白的冰天雪地里，一群人围着金帐烹羊宰牛太过粗俗，不免亵渎了圣洁。掬几捧冰泉水，煮一壶清茶，自己一个人品茗听泉，才不算辜负这场大雪。从诗人的心理活动可以看出他对于雪是喜爱和欣赏的，也可以看出诗人品性高雅。

次萧冰崖梅花韵

宋·赵希桐（? ）

冰姿琼骨净无瑕，竹外溪边处士家。
若使牡丹开得早，有谁风雪看梅花。

赏读

赵希桐，字谊父，宋太祖第九世孙，著有《抱拙小稿》一卷。古往今来，咏梅的诗歌层出不穷，或借梅抒情，或以梅言志，大多极尽吟咏之能事，像诗人这样故意“贬低”梅花的，倒是新奇。

“冰肌玉骨”往往被用来形容倾国倾城的美人儿，诗人化用这种比喻手法，以“冰姿琼骨”来形容梅花，“冰”见其清冷，“琼”见其剔透，写出了梅花的优美的外形和高洁的风骨。此等清丽不可方物的梅花仙居何处呢？竹林外，溪水边，隐士居所旁便是。“处士”指的是隐士，清幽的环境越发衬得梅花清逸出尘。最后两句诗人开始大发议论，不过不是赞美不是抒怀，倒是有些像在贬低梅花，他说：倘若牡丹花期来得早，像梅花一般在冬天绽放，到时有谁会冒着风雪去欣赏梅花呢？表面上诗人似乎将梅花贬低到一个不如牡丹的处境，实际上是在讽刺生活中附庸风雅、盲目凑热闹的一类人，他们或许并非多么喜欢梅花，只是在无花可看的情况下，赶一回潮流，装一回高雅罢了。一旦雍容华贵的牡丹盛开，他们又会蜂拥着去看牡丹了。但是依然会冒着风雪去吟赏梅花的，可能只有处士这类独爱梅花风骨的人了，而“处士”恰恰可以看作是诗人人格的理想和化身。诗人在为梅花叹惋和不值的语气中，也隐隐透出一种知己难寻的孤独感慨。

江天暮雪

元 · 陈孚（1259—1309）

长空卷玉花，汀洲白浩浩。
雁影不复见，千崖暮如晓。
渔翁寒欲归，不记巴陵道。
坐睡船自流，云深一蓑小。

| 辑 评 |

【清】顾奎光《元诗选》：“（陶玉禾）刚中长古，骨格遒劲，才气横溢，无凑句趁韵诸弱笔，可以独张一军。”

赏读

陈孚，字刚中，号笏斋，台州临海（今属浙江）人，著有《观光集》《交州集》等。冬日里的某一天，诗人泛舟江上，日暮时分突然下起了大雪，这首诗就再现了当时的场景，描摹出一幅宛如画境的江天暮雪图景。

前两句是诗人在江上所见到的暮雪降临的场景，视野由近到远：浩瀚的空中飞卷着洁白如玉的雪花，放眼望去，沙洲上已经是白茫茫的一片。“卷”字写出了雪花在风中飞舞翻腾的情态。因为雪花如玉佩一般色泽净白，所以“玉花”指的就是“雪花”。诗人望向四方，天寒地冻，再也没有大雁飞过的踪影，伫立在江边的万壑千岩，因为被白雪覆盖，映照得天光有如破晓时分。后两联人物出场，“渔翁”在古典文化中往往被当作隐士高人的化身，在这里应该是诗人自指。眼看着雪愈来愈大，江上寒气逼人，诗人撑开长篙，准备返航，可暮雪纷飞，视线迷蒙，诗人竟找不到回去的道路。于是索性半坐半卧在船上休息，任由船儿随江流漂荡，远远望去，只见江上一艘小船离水天之际的云越来越近，仿佛下一秒就会消失在云间，而船上戴着斗笠披着蓑衣的人，成为一个越来越小的点，渐行渐远。这首诗不论是意境还是对“渔翁”的塑造都与柳宗元的《渔翁》有些类似，不同的是，《江雪》中的渔翁是一个孤高清傲的角色，而本诗中的“渔翁”却是一个悠闲洒脱、风流雅士的形象。

辽左雪中登楼

明·许宗鲁（1490—1560）

岁杪祟朝雪，天涯绝塞城。
冻云连海色，枯木助风声。
怀土情无已，登楼赋未成。
梅花南国思，笛里暮愁生。

| 赏读 |

许宗鲁，字伯诚，一字东侯，号少华山人。有《许宗鲁全集》。这首诗是许宗鲁任辽东巡抚期间所作，时逢岁末，大雪纷飞，诗人登楼怀远，对家乡的思念和羁旅他乡的愁绪喷薄而出。

“岁杪”是指岁末，“绝塞”是指遥远的边塞。年关将近，身处极远边塞的诗人在一个大雪纷飞的早晨，独自登上了城楼。楼上视野开阔，他放眼望去，只见波澜壮阔的海面上空，一片片云朵仿佛被寒冷凝固了一般，和苍茫的大海连成一片。周边的树林经历过寒冬的摧残之后，叶落归根，毫无绿意，只剩下一个个干枯的树干，在寒风中喑哑地呜咽着。这两句描绘出北国边塞冬日里天寒地冻、万物萧索的景象。看到眼前这荒寒的场景，诗人心中对故土的思念被勾起，并且一发不可收拾。东汉末年的王粲，曾经像诗人一样，登楼作赋，抒发自己久居他乡、怀才不遇的愁苦以及对家乡的思念。这里的《登楼赋》用的就是王粲的典故。只不过王粲悲愤之余尚且能够作出流传千古的文赋，而诗人已经悲伤愁苦到难以成文了。诗人从清晨雪落就登楼，到暮色笼罩大地还没有离开，可见伫立之久，愁苦之深，可就在诗人“倚栏杆处，正恁凝愁”的时候，一阵悠扬的笛声飘入耳中，吹得正是曲调幽怨悲凉的《梅花落》，心中的孤独、惆怅、辛酸与无奈，就随着这苍茫暮色越发蔓延、滋长。最后一句诗人将自己心中之愁与苍茫的暮色、幽怨的笛声融为一体，融情于景，情景交融。

除夕

明 · 金銮（1494—1587）

还忆去年辞白下，却怜今夕在黄州。
空江积雪添双鬓，细雨疏灯共一楼。
世难久拚鱼雁绝，家贫常为稻粱谋。
归来故旧多凋丧，愁对东风感壮游。

赏读

金銮，陇西人，字在衡，号白屿，有《徙倚轩集》。除夕是中国传统佳节中最重要的节日，可诗人却在这样一个本该欢聚一堂的冬日佳节，漂泊在外，形单影只，一贫如洗，世事的艰难和岁月的沧桑感一时涌上心头。

白下，古地名，在今江苏省南京市西北。诗人去年还在白下，今年除夕就流落到黄州，首句通过今昔对比，既展示出诗人长期漂泊的命运，也流露出时光飞逝之感。“空江积雪添双鬓”通过奇特的想象与夸张，来突出岁月无情地在身上打下苍老的印记。浩瀚寂静的江面上覆着一层厚厚的白雪，那白雪仿佛也积累在诗人的两鬓之上，不然怎生如此的斑白？就在这除夕之夜，诗人独自一人空坐一室，只有窗外飒飒的风雨和一盏黯淡的孤灯相伴，悲凉之景和悲凉之情相交融，更衬托出诗人的孤独落寞。世道艰辛，诗人又家中贫困，为了生存，诗人不得不长期羁旅在外，谋一口饭吃。古代有“鸿雁传书”“鱼传尺素”的说法，所以鸿雁和鱼往往被当成信使。诗人想要托鸿雁和鱼来传达对家乡对亲人的思念，可是冬日酷寒，水下的鱼和空中的大雁都绝了踪影，最后的希望和寄托都被剥夺，诗人内心中的愁苦和绝望可想而知。苍老贫困，音信断绝，枯坐到深夜的诗人不禁想到他的故人们，岁月如此残忍，自己已是老迈衰颓，将来真有一日回到家乡，他的故人们怕也是老的老，死的死，还有的流落他乡，彼时怕是只能愁苦地对着东风，怀念年轻时一起游乐的场景。这就是韦庄说“未老莫还乡，还乡需断肠”的缘故，也是刘过吟唱“欲买桂花同载酒，终不似，少年游”的心情吧。

大梁冬夜

明・谢榛（1495—1575）

坐啸南楼夜，孤灯客思长。
人吹五更笛，月照万家霜。
归计身多病，生涯鬓易苍。
征鸿向何许，春意遍湖湘。

|辑 评|

【清】沈德潜《明诗别裁》："四溟五言近体，句烹字炼，气逸调高，七子中故推独步。"

赏读

谢榛，字茂秦，号四溟山人，又脱屣山人，山东临清人。大梁，古城名，战国时期魏国都城，在今河南省开封市。这首诗当是诗人晚年客居他乡，怀念故土，抒发漂泊离愁之作。

漫漫冬夜，诗人客居南楼，独自一人在清冷的一盏孤灯下长啸，那啸声中充溢着羁旅他乡的孤寂与愁苦、对家乡深切的渴望与思念，客居异乡的愁绪在寂夜里不可抑制地滋长蔓延，宛如冬夜般漫长。五更相当于现在的凌晨三点到五点，此时诗人还没入睡，听到外面传来的笛声，可以推测诗人几乎一夜未眠，恰恰映照了“客思长”三个字。一轮清冷的月轮高悬在浩渺的夜空中，凉凉的月光如倾泻的水银，将家家户户的屋顶都铺上了一层寒霜。月亮总能勾起漂泊旅人的思乡之心，对诗人来说更是如此。可是欲作归乡的打算，羸弱多病的身体却打碎了他的美梦，更何况时光易逝，如今的他已是两鬓斑白，垂垂老矣。乡路迢迢，诗人不能不担心，凭他老迈多病的身体，可能未到家乡身先死。谢榛一目失明，晚年以布衣身份长期客游诸藩王之间，后来就死于旅途之中，结合诗人的身世，再来品味这两句诗，便更觉悲凉凄怆。最后两句，诗人对空中飞过的鸿雁发出疑问：大雁啊大雁，你们要飞向何处呢？一定是那春意遍布的江南水乡吧！那正是诗人可望而不可即的家乡。无可奈何的诗人，只能借助鸿雁来传达对家乡的思念和渴望。

渔家

明·孙承宗（1563—1638）

呵冻提篙手未苏，满船凉月雪模糊。
画家不识渔家苦，好作寒江钓雪图。

赏读

孙承宗，字稚绳，号恺阳，保定高阳人，明末名将，著有《高阳集》。渔翁在古诗中往往是作为一种闲适淡泊的高人隐士形象出现的，比如柳宗元《江雪》中的渔翁，“孤舟蓑笠翁，独钓寒江雪”，张志和《渔歌子》中的渔翁，“青箬笠，绿蓑衣，斜风细雨不须归”。但现实生活中，渔人的生活根本就不是那么富有浪漫主义色彩，这首《渔家》就以现实主义的笔触写出了渔人的清苦。

前两句呈现出一幅月下打鱼图：夜色已经开始降临，打鱼人还辛辛苦苦地在江上搜寻着，江上寒气逼人，渔人呵了口暖气在被寒冷冻僵的手心，却毫无用处，却又不得不撑起船篙继续撒网捕鱼，清冷的月光如寒凉的霜布满渔船，江面飘着纷飞的雪花，模糊了江上的视线。这分明是一个为了生存而在寒冷的冬夜苦苦挣扎的渔人，诗人剥掉了浪漫主义的外衣，将渔人的贫困和清苦的现实清晰地呈现在眼前。最后两句是诗人发表议论：那些浪漫的画家根本就不了解渔家的清苦，看到这幅场景，还要拍手称好，将此情此景当成一幅绝妙的寒江雪钓图，妄图用画笔勾勒出充满诗意的图景来。诗人对“不识人间疾苦”的画家虽有讽刺，但并不是非常强烈地批判，而是以一种较为平缓和无奈的语气叙说出不同阶层之间意识形态的差异，进而传达出对“渔家”这类底层人民的同情，整首诗从与以往不同的角度来写渔人，透着一种浓厚的人文主义的关怀。

金陵冬夜

清·林古度（1580—1666）

老来贫困实堪嗟，寒气偏归我一家。
无被夜眠牵破絮，浑如孤鹤入芦花。

赏读

诗人林古度是一个颇有意思的人，他生活在明末清初，一生不求仕进，游学金陵，明亡后，他以遗民自居，当时人称他为“东南硕魁”。他生活清贫，身处萧然陋巷，却车马盈门，跟他相知来往的很多都是文坛巨擘。夏天没有蚊帐，颇受蚊虫之苦，做官的朋友赠予他，他却拿去换米。活到八十多岁，他感觉活得有点不耐烦了，竟去为自己挖了个墓穴，还请友人题诗。读清初人写的笔记，常常会遇到林古度的名字，或许从这首《金陵冬夜》，我们会明白为什么诗人会受到这么多人爱戴、欣赏和尊敬。

前两句诗人嗟叹自己老来贫困的境遇，怨怪冬日里全天下的寒冷都跑到了自己家里。语气有些孩子式的夸张和无理，我们感觉眼前仿佛有一个傲娇的老者在跟我们吐槽天气寒冷、家中贫困，却丝毫不会让我们觉得有穷酸气。贫寒虽苦，但想必诗人也未必真的放在心上，因为真正为贫寒困扰于心的人，恐怕是没有心思像后两句的诗人那样拿自己开玩笑的。冬天夜晚就更冷了，惨兮兮的诗人没有像样的冬被，只好拿没有被面的破絮凑合着，盖着破破烂烂的棉絮，诗人竟然生出了联想，他感觉此时此境的自己就像一只离群的野鹤，走入了芦花丛中。而且鹤在传统诗文中往往是一种孤高清傲的存在，诗人以“孤鹤”自比，既言明心志，又不会让人觉得破被加身的诗人多么贫贱和可怜，反而有一种凛然不可侵犯之感。诗人晚年不仅贫困，而且双目失明，如果处于困境之人，能够有诗人这种苦中作乐、云淡风轻的心态，想必再大的困难也不足为道矣。

岁晏仿子美同谷七歌其一

明·陈子龙（1608—1647）

西京遗老江南客，大泽行吟头欲白。
北风烈烈倾地维，岁晏天寒摧羽翮。
阳春白日不相照，剖心堕地无人惜。
呜呼一歌兮声彻云，仰视穹苍如不闻。

| 辑 评 |

【明】吴伟业《梅村诗话》："诗特高华雄浑，睥睨一世。"

【清】王士禛《香祖笔记》："沉雄瑰丽，近代作者未见其比，殆冠古之才。一时瑜亮，独有梅村耳。"

赏读

陈子龙，明末松江府华亭人，字人中，更字卧子，号大樽。陈子龙生活在明末清初的改朝换代之际，明朝的留都南京被清军攻陷后，陈子龙在松江起兵抗清，兵败后逃遁为僧。这首诗大概作于南都覆灭，逃亡途中。

作为明王朝的忠实拥趸，复国无望，只能眼睁睁看着明王朝“宛如大厦之将倾”，所以诗人称自己是“西京遗老”，一代忠臣文士，流落江南，行吟泽畔，为了国家和前途的命运痛心疾首却无能为力，几乎为此白头。三四句看似写景，实际上意有所指，酷烈的北风将地面都掀翻，这分明是指江山易主之事。冬日岁末，天寒地冻，鸟儿的羽翼都被摧折，诗人以鸟儿自比，表明自己当前困窘的处境。个人的命运是和国家的前途紧紧联系在一起的，覆巢之下，岂有完卵？不仅如此，身处困境的诗人仿佛看不到一点点希望，隆冬正盛，春日的暖阳遥遥无期，就算把自己的心剖下来委弃于地上，也不会有人怜惜。诗人对明朝可谓是忠心赤胆，但乱世之中，每个人都自顾不暇，何来余力关心他人。诗人心中的无力、绝望和凄怆酝酿到极点，他忍不住高声仰天长啸，质问苍天，那悲歌之声贯彻云霄，回应他的却只有一如既往的沉默，这才是真正的日暮途穷，叫天天不应，叫地地不灵。最后一句堪称是爆发式的英雄悲歌，诗人心中的激愤通过这一振绝苍穹的长啸迎面扑来，直接而凛冽，直教人与他一起“怆然而涕下”。

云中至日

清·朱彝尊（1629—1709）

去岁山川缙云岭，今年雨雪白登台。
可怜日至长为客，何意天涯数举杯。
城晚角声通雁塞，关寒马色上龙堆。
故园望断江村里，愁说梅花细细开。

辑评

【清】沈德潜《清诗别裁》：“学北地高入杜陵，通首一气，能以大力负之而趋。”

赏读

朱彝尊，清代词人、学者、藏书家，字锡鬯，号竹垞，浙江秀水人，有《曝书亭集》。康熙三年（1664），朱彝尊前往山西拜访按察使曹溶，居住在大同的万物同春亭，时逢冬至，本该是与家人团聚的节日，诗人却漂泊在外，于是写下这首诗来抒发羁旅漂泊的愁绪和对家乡故土的思念。

去年诗人还在浙江的缙云岭登山，今年却在雨雪霏霏中登上了白登台。今昔对比中，诗人长期行踪不定、流离漂泊的命运一万而知。诗人心中凄苦难言，不禁慨叹自己年年冬至都客居在外，不能与家人团聚，孤身流落天涯的他，只好举杯独酌，聊以消愁。“长”和“数”写出了诗人客居他乡之久，亦可想见对家乡的渴望思念之深切。后两句是诗人在白登台上眺望边关的场景：暮色笼罩边城，军营里浑厚深沉的号角声响彻边塞。边关苦寒，塞外的沙漠上积着斑驳的冰雪。一为听觉，一为视觉，声色交融，构成一幅苍茫清冷的边塞图景，也烘托出诗人悲凉凄苦的遭遇和心境。边景的触目惊心越发勾起了诗人的思想之情，诗人家在秀丽婉约的江南，即便寒冬时节，也不会像这粗犷烈寒的边关一段萧索。诗人不禁望向家的方向，在那方熟悉的村落里，江边的梅花此时定然正在尽情绽放，吐露着醉人的芬芳。可诗人与家乡隔着万水千山，他纵然瞪裂眼眶，也什么都瞧不见，只能满怀愁绪地念叨着那想象中盛开的梅花。以对家乡梅花的畅想作结，对家乡的思念尽在不言中。

雪望

清·洪升（1645—1704）

寒色孤村幕，悲风四野闻。
溪深难受雪，山冻不流云。
鸥鹭飞难辨，沙汀望莫分。
野桥梅几树，并是白纷纷。

| 赏读 |

洪升，清代戏曲作家、诗人。冬日里某天，一场大雪突降，诗人出户眺望四野，见暮色苍茫白雪纷纷，遂提笔勾勒出一幅雪后山村图景。

整首诗围绕着一个“望”字展开，首句点名望的地点：清寒暮色笼罩着一方孤零零的村庄，诗人身处村庄之中，听到四野传来悲风呼号的声音。“寒色”句是视觉和感觉的呈现，“悲风”句是听觉的呈现，整体上营造出一种苍凉、凄冷的氛围。接下来诗人便开始眺望四野了，他望向了不远处的一条溪涧，这溪涧有些特别，因为它边上的景物都在快速被白雪覆盖，只有它还是本来的面目，诗人定睛一看，顿时恍然大悟，原来是因为溪水很深，雪刚落到溪面，就被水流吞噬。这溪水如此的深，想必是在山涧边上形成的。诗人的视野随之上移，看到常有流云飘过的群山，如今仿佛被寒雪冻住，山头上再也没有云气汇聚流动。随着诗人视野的展开，不觉一股凛冽的寒意扑面而来。接着诗人的视野又下移回到了水边，水边飞起的是沙鸥还是鹭鸶？模模糊糊地辨不清楚，沙洲的界限也看不分明了。罪魁祸首当然就是这暮色中的纷飞大雪，可见雪之大之密。天地间浩然一片，就连野外桥边的几树梅花，也纷纷披上了一层雪白的外衣。整首诗紧紧围绕着“雪望”二字来写，生动地呈现出大雪莅临山村的景象。

山中雪后

清·郑燮(1693—1765)

晨起开门雪满山，雪晴云淡日光寒。
檐流未滴梅花冻，一种清孤不等闲。

赏读

郑燮，字克柔，号理庵，又号板桥，江苏兴化人，为清代“扬州八怪”之一。这首诗描写晨起雪后山中的风光，通过清冷孤寂的环境，傲霜凌雪的梅花，寄托了诗人的人格理想。

诗人早晨推开门，只见漫山遍野一片银装素裹。估计是雪下了一夜，此时已经放晴，稀松淡薄的几缕云彩飘在空中，没精打采的日头泛着冷光。前两句描写雪景，正面刻画出天气的寒冷。屋檐上积雪尚未开始融化，院中的梅花的枝条仍被冰雪冻住。梅花是否被这严寒吓住，因此枯萎衰败呢？诗人没有直观地叙述，但从最后一句作者的评价“一种清孤不等闲”可知，这梅花不仅未被冻坏，反而凌霜傲雪，非同一般凡花俗草。诗人看似写山中雪景，实际上是寓情于景，托物言志。一孤寂清冷的环境来比喻自己的生存环境，与那繁花锦绣的热闹场景不同，以孤高清傲的梅花寄寓自己的人格，与那柔弱扎堆的凡草俗花不同。郑板桥出身贫寒，一生困顿，年轻时“为忌者所阻不得入试”，后客居扬州卖画为生，有时甚至靠乞讨度日，尝遍人世辛酸，但不从改其孤高清傲的文人标格。他一生只画兰、竹、石，自称“四时不谢之兰、白节长青之竹、万古不败之石，千秋不变之人”。雪后梅花傲霜凌雪，坚韧不缺，又何尝不是诗人人格的真实写照呢？

图书在版编目（CIP）数据

小磨诗坊. 冬 / 王兆鹏主编；韩文昕本册主编. --武汉：崇文书局, 2018.7（2021.8重印）

ISBN 978-7-5403-5077-2

Ⅰ. ①小… Ⅱ. ①王… ②韩… Ⅲ. ①古典诗歌—诗集—中国 Ⅳ. ①I222

中国版本图书馆CIP数据核字(2018)第132107号

小磨诗坊·冬

责任编辑 程可嘉 刘 丹
装帧设计 黄 彦 万晴晴 杨 艳
出版发行 长江出版传媒 | 崇 文 书 局
业务电话 027-87293001
印　　刷 湖北画中画印刷有限公司
版　　次 2018年7月第1版
印　　次 2021年8月第2次印刷
开　　本 787×1092　1/32
印　　张 7
定　　价 39.00元

本书如有印装质量问题，可向承印厂调换

本作品之出版权（含电子版权）、发行权、改编权、翻译权等著作权以及本作品装帧设计的著作权均受我国著作权法及有关国际版权公约保护。任何非经我社许可的仿制、改编、转载、印刷、销售、传播之行为，我社将追究其法律责任。

版权所有，侵权必究。